我永遠不會忘記，燦爛一瞬間的妳

冬野夜空

林孟潔——譯

我在飄雨的七夕那天，遇見了織女。

目錄

序章

「織女星」。

我在某本人像攝影比賽雜誌的〈特別刊載〉專欄中，發現一張不太一樣的照片。

跟其他以精湛技術拍出來的美麗人像不同，這張照片以夏季夜空閃耀無比的一等星為題，卻是一張室內照，完全看不見星星的蹤影，只有一名少女看著鏡頭，身後映照著夕陽餘暉。

跟其他作品相比，這張照片的拍攝技巧十分拙劣，被拍的少女完全失焦，夕陽光也有些許過曝。

根本毫無技術可言。照理來說，應該沒辦法登上攝影競賽的雜誌才對。

但回過神來，我卻已經被這張照片吸引了。

照片中的少女用盡全力在微笑，毫不在乎臉上的淚水，彷彿想將自己的幸福深深刻進心裡。

這麼多年來，我看過無數張照片、細細品味其中韻味，但就連經驗豐富的我，也沒見過能將「攝影」的本質抓得如此精準的作品。

攝影者一定是不想錯過這個表情，急急忙忙拍下來的吧，否則不該失焦得這麼嚴重。攝影時本來就該在沉靜的環境下，集中心神好好拍攝。

正因如此，若要論「最能體現出被攝物體閃耀動人的瞬間」，這張照片比其他作品都要出色。

攝影者的眼神可能始終追隨著少女，才能抓到這麼精采的瞬間吧。那名少女含蓄的笑容在同年齡的孩子中並不算起眼，這張照片裡，一定隱藏著某種深遠的意義。

他們在攝影現場聊了些什麼呢？拍下這張照片之前，他們又經歷了什麼？我實在好奇得不得了。

這個想法在我腦海中揮之不去，於是我透過雜誌編輯部與攝影者取得聯繫。

——攝影者似乎是個十七歲的男高中生。

真令人驚訝，高中生居然拍得出如此令人驚豔的照片，我在高中時期，只拍得出那種追求表面美感、流於膚淺的照片。

我動用自己攝影師的立場，成功從那名攝影者口中聽聞了事情始末。

我打電話給他時，他很快就接了。他真的是用非常愉悅的語氣，述說他和照片中那位少女兩個月以來的相處。

最後，他說了這麼一句話。

「我再也不會拿起相機了。」

第一章

「星光是來自很～久很久以前的光喔。在我看來，那種星光是有感情的。你看，一等星剛剛笑了。」

學校頂樓是校內少數禁止進入的區域，跟我同班的綾部香織卻特地把我叫到這種地方。我一開門，她劈頭就說了這些話。

她看也不看我一眼，用不帶迷惘的眼神望向天空。

我也仿效她的動作抬頭仰望，卻只看見日漸西沉，橘色和群青色在我的視野中蔓延。

「我好像沒看到在笑的海狗[1]耶。」

聽到我這麼說，她無奈地嘆了口氣，盯著天空否定了我的言論。

「不是海狗，是一等星啦。說不定真的有海狗的星座，但我指的是星星。」

「星星在笑？」

「嗯，對呀。剛才笑得超誇張的，它一定也有看昨天播的『搞笑之神』。連我都笑到不行，肚子痛得不得了呢。」

我想起昨天電視播的搞笑節目，原來我跟她會看同一個節目啊，但我對此絲毫不感興趣，便生硬地轉移話題。

「所以呢？妳幹嘛把我叫到這種地方來？頂樓應該是禁止進入的吧？」

「呵呵呵，只有我不受此限喔。」

她揚起一抹自信滿滿的笑容，手指繞呀繞的，她的手指一動，我就看見其中有某個東西在發光。

「那是，鑰匙？」

「我是天文社社員，所以學校只同意讓我們進出頂樓，很棒吧。像這樣觀賞星空，就是我們的社團活動。」

「是喔，那我妨礙到妳的社團活動了吧？我這就走。」

我一轉身，她就慌慌張張地說：

「等等等、等一下啦！你應該有話要跟我說吧！」

真是令人費解的說法，明明是她把我叫過來的，居然問我是不是有話要跟她說。

「不是妳有事找我嗎？還不厭其煩地把我叫過來。」

「這倒也是啦！」

1 海狗與一等星的日文發音相近。

先對我的說詞予以肯定後，她勾起嘴角繼續說道：

「但現在回去的話，你的立場會變得很危險吧？我的口風不太緊啊，搞不好會到處宣揚『前陣子那件事』，你應該要跟我解釋一下吧？」

「唉……好啦，雖然覺得很冤枉，但我就聽妳說說吧。所以呢？」

雖然我說得瀟灑，但我知道她想說什麼。

我的興趣是帶著相機到處拍照，之前未經允許就拍了她的照片，她一定是要說這件事。

如果她放出風聲說我是「偷拍魔」的話，學校裡應該就沒有我的容身之處了，必須跟她解釋清楚。

「你偷拍了我的照片。未經許可就拍下少女愁容滿面的模樣可謂滔天大罪，所以你有義務答應我一個要求。相對地，我會大發慈悲赦免你的罪行。」

她像個法官一樣，用極度誇張的言詞譴責我的冤罪。

「原來如此。這毫無根據、令人不快的誹謗若能因此一筆勾銷，我也會欣然接受這個條件。」

無奈之下，我也配合她演了起來。如果現在惹她生氣，「我是偷拍魔」這個充滿惡意的謊言或許真的會傳遍整間學校，得在悲劇發生前就連根剷除才行。

「咦？你這麼快就答應了喔？」

她露出非常適合用「問號臉」來形容的呆滯表情，出乎意料似地高喊一聲。
「只要妳答應我不會散布奇怪的謠言，要我聽從妳一個要求也無所謂，當然也要視要求的內容而定就是了。」
「這樣啊，我還以為你會千百個不願意呢，所以嚇了一跳。」
聽到她這麼說，我在心中嘆了口氣，並催促她繼續說下去。
「所以我要為妳做什麼呢？我要怎麼做才能保住自己的名譽？」
「你說話的方式真討人厭，你就是這樣才交不到朋友啦！」
「妳這句話才討人厭吧。」
「啊，真的耶，抱歉抱歉。」
她笑著說道，完全不覺得自己有錯的樣子。
「然後呢？我想趕去參加社團活動，希望妳長話短說。」
「是喔，你還有社團活動啊？是攝影社嗎？」
「是又如何？這不重要啦，有話快說。」
看到她明顯想使用拖延戰術的態度，我開始焦躁起來，她卻表現出跟我完全相反的反應。
「這個嘛──真要說的話有點丟臉耶……」
她低著頭，有些羞澀地發出「欸嘿嘿」的笑聲。

「丟臉？」

她平常老是在教室裡大吵大鬧的，這樣真不像她。我實在無法想像她到底要我做什麼事。

「那個啊。」

「嗯。」

「拍我。」

「嗯？」

「我想請你幫我拍照啦。該說是當模特兒嗎？總之我想報名那種比賽，所以希望你能當我的攝影師！」

毫不猶豫地這麼說完後，她再次將眼神別開，臉頰還浮現些許紅暈，這一定不是被夕陽照紅的吧。

「是喔。」

「啊，你現在是不是在想『妳又不適合當模特兒』？」

「嗯。」

我不禁點頭。

她確實很亮眼，一雙杏眼又大又明亮，鼻梁也很高挺。我對她的印象就是笑起來嬌媚可愛，在班上也是人氣王。

但我以為她對模特兒這種光鮮亮麗的工作沒興趣，所以有些意外。不過我之前跟她毫無瓜葛，這也不過就是我的個人看法罷了。

「你這人真沒禮貌──！」

「說謊也沒意義啊。」

「算了，我自己也覺得不適合。那就說定囉？」

「好啊，若不嫌棄我拙劣的拍照技術當然可以。雖然我沒拍過多少人像，但這對我來說也是不錯的練習機會。」

而且模特兒的素質也不差。我一向不擅長拍人像，這可是求之不得的好機會，我對自己說：這種機會可遇不可求。

「太好了，我還擔心你會拒絕呢。嗯，真好真好。」

她愉悅地頻頻點頭，似乎對我的回答十分滿意。她每點一次頭，長度齊肩的烏黑秀髮就會隨之擺動。

「那之後就拜託你了。一直用『你』稱呼彼此也怪怪的，自我介紹一下吧！」

「不用這麼麻煩，我知道妳的名字啊。妳這種人氣王應該也記得班上同學的名字吧？」

「既然知道我的名字，就別老是用『妳』來叫我啦。不過，嗯，我也知道你的名字，你叫天野輝彥吧？但我有點意外耶，我還以為你不認識我，應該說天野同學感覺對班上同學都興致缺缺。」

「妳這說法雖然很失禮，但思路是正確的。我只是不想跟班上那些聒噪的傢伙扯上關係，才會把他們的名字記起來。」

我用嘲諷的語氣這麼說，她就開心地笑了起來。

「啊哈哈哈，所以我才會被你記住啊！不過很遺憾，你還是跟我扯上關係了。」

「真的很遺憾，所以拜託妳在我面前盡量保持安靜。」

「免談！啊哈哈哈！」

她動作誇張地哈哈大笑，似乎樂不可支。

可以的話，我實在不想跟聒噪的人扯上關係，因為我無法理解他們到底是因為什麼才成天笑嘻嘻的，而她就是這樣，我完全不知道究竟有什麼事情這麼好笑。

但不知為何，看到她笑的樣子，我也忍不住跟著想笑。我不禁心想：如果能像她這樣笑的話，我的日子或許能變得快樂一點。

「那往後就麻煩你囉，天野輝彥同學。」

「我才要麻煩妳，綾部香薰同學。」

「喂！你搞錯了吧！我的名字是綾部香織，你根本就沒記住嘛！」

儘管我故意叫錯她的名字，她也只是笑容滿面地抱怨幾句。或許她是名字被叫錯也能樂觀思考的那種人。

「好啦好啦，真不好意思。」

我惺惺作態地低頭道歉後，她又誇張地哈哈大笑。

在手機上確認時間後，我才發現社團活動早就開始了，而且還已經過去大半，我徹底遲到了。

「我要走了。」

「謝謝你願意配合我——社團活動好好加油喔！」

「再見。」

我轉過身，雖然能感受到她在對我揮手，但我還是毫不猶豫地走向頂樓大門。她像算準了時機般，在我打開門的那一刻開了口，那種感覺不像在跟我說話，比較像是單方面地喊話。

「下禮拜天下午一點，在離學校最近的車站前集合喔！」

這種完全沒顧慮到我行程如何的說法，讓我很想抱怨幾句，但我裝作沒聽到並關上大門。她根本就沒打算徵求我的同意吧。我心中對她的印象，又更偏向「自私」二字了。

透過走廊窗戶望出去的天空色調，跟方才的橘黃相比，群青色的比例多了一些，還能看到星星微弱的光芒。

對了，她剛才說「星星在笑」，這應該是用來形容星光的手法，但我覺得這個比喻也很適合情緒起伏劇烈的她。

做為一位觀星者，她透過望遠鏡投映出整片天體，換句話說就和攝影師一樣，儘管沒有按下快門的動作，她卻能讀出星星的表情，比起我透過觀景窗窺見的景色，或許她能捕捉到更加豐沛的情感。

如此試想後，我不禁好奇：當她變成模特兒時，又會流露出什麼表情呢？

……還是把禮拜天的約定聽進去好了？這個想法在我心中悄然萌生。

畢竟我們是攝影師和模特兒的關係嘛。

☼

這一切，或許都起因於我當天的一時興起。

「真難得耶，輝彥，你居然會主動去參加活動。明天不也會放煙火嗎？」

「不，我就要在下雨的時候看煙火，現在就去。」

我唯一的朋友有田壘聽到我的提議後，不禁睜大雙眼，一臉驚奇又感興趣的模樣。儘管班級和社團不同，壘卻總是跟我一起行動，他似乎沒料到我會說出這種話。

就是沒有任何理由，既沒有受到命運指引，也沒有什麼堅定不移的意志。

我很不喜歡喧鬧的地方，人多的場所或活動一概不碰，現在卻主動說出「要不要去看雨中煙火」這種話，也只能說是一時興起了。

這場煙火大會選在七月七日，也就是七夕這一天於賽馬場舉辦。儘管沒有攤商可逛，卻能從賽馬場的觀眾席近距離觀賞煙火，非常適合好好鑑賞。一聽到那裡就算下雨也不會中斷煙火演出，我就想著，說不定能拍到難得一見的景色。

我離開人山人海的觀眾席尋找空曠地帶，最後來到平常供馬匹奔跑的賽道內，煙火大會期間，這一區似乎也會開放。

此處沒得避雨，所以沒幾個人，對我來說是絕佳的觀賞地點。

我小心翼翼地避開腳邊的泥濘，尋找適合的地點時，忽然傳來一道直入心坎的巨大爆破聲。

原來是在倒數後直上天際的第一發煙火。

但不知是因我不夠高，還是周遭群眾都沒顧慮到他人的感受，我的視線前方盡是雜亂高舉的傘面，將煙火都遮住了。

我那位對身高頗有自信的童年玩伴，丟下我跑回室內買飲料，看來我只能靠自己想點法子了。

我左手拿著傘，右手拿著相機，動作輕快地繼續前進，只為了尋找完美的攝影地點。

好想趕快拍照啊——我在不斷震盪心弦的煙火爆破聲中於人群間來回穿梭，卻在某個瞬間停下了腳步。

「……」

那道身影映入眼簾的當下，我倒抽了一口氣。

並下意識舉起相機。

盯著觀景窗並讓相機聚焦後，被攝對象便清晰可見。

我絲毫沒有罪惡感，只是想以攝影玩家的身分，試圖將想留住的景色留下來而已。

我只是覺得眼前這一幕很美。

在雨點和失焦的作用下，觀景窗裡的世界幾乎朦朧一片，畫面中只有那位身穿浴衣的女子成功對到了焦。

煙火映照在女子手中的透明塑膠傘面上，她就像手執和傘那樣美麗動人。那名女性仰望煙火時，端正的側臉流露出一絲哀愁，讓我不禁心想：她這身姿的每一處都像一幅完整無缺的作品。

說穿了，就只是一名女性撐著塑膠傘抬頭看煙火而已，明明只是如此，那一幕卻奪去了我的視線和心神，讓我不禁駐足。她帶著哀愁的側臉和朦朧微暈的煙火，讓我深深著迷。

我彷彿見到了追求已久的美景，所以從舉起相機到手指移向快門鍵的時間應該不到一秒鐘。

但我沒能成功按下快門。

「喂。」

因為鏡頭裡的那名女子喊了我一聲，還朝我的方向走來。

於此同時，儘管只是未遂，我還是意識到自己有罪。

「我記得偷拍是犯法的吧？」

我認識這名轉身走來的女子，她是我的同班同學。

隔天，我在教室裡被她叫住了。

——要解釋的話，放學後就來頂樓一趟。

這段記憶痛苦到連回想都是一種折磨，所以我很想略過不談，卻又不得不提。

班上同學對我的既定印象是沉默寡言，所以在那之後一直到她指定的放學時間前，這位平常總被團團包圍的人氣女孩纏著我說話的景象，讓班上同學都疑惑至極。

但她實在太過自我，沒有對眾人的疑惑和我的控訴給出任何答覆，最後我半受迫地接受了「放學後一定要到頂樓來」這個約定，班上的氣氛才隨之回歸平靜。

那或許是我人生中最受矚目的一天吧。對盡可能想低調處事的我來說，實在不想受到關注，但自那天起，她還是會若無其事地向我搭話，害我在學校裡飽受眾人好奇的目光洗禮，我實在不太想重提那幾天發生的事。

不能因為一時興起貿然行動，任何行為都該維持被動立場，不能主動為之。

這是我得到的教訓。

☼

如果我當天沒做出那種事，應該就不必在車站前苦等這位比約定時間晚了三十分鐘還沒來的同學了吧。

水壺裡的水早就被我喝掉大半，讓我意識到夏天真的來了。

光是站在柏油路上枯等三十分鐘，我就已滿身大汗，渴求著因此流失的水分，何況這時還是下過雨後的豔陽天，感覺更悶熱了。

當時我沒有答應她的要求，所以也可以選擇不來，但我還是乖乖在她指定的時間來赴約了。要是我沒現身，她可能又要用奇怪的理由纏著我，我哪受得了啊。

但我是真的切身體會到自己思慮不周。

守約是人際關係的基本要求，這對我來說是理所當然的原則，但在她身上可能不適用。毫無疑問，她一定是超級自私的那種人吧。

雖然才剛得到「要以被動立場行事」這個教訓，但光是配合她的節奏，就已讓我累到骨頭都要散了。但在這種酷暑下又豈止是散，骨頭都像要融化一樣，我實在無話可說，要是再等三十分鐘她還不來，我就回家吧。

正當我下定決心時，我苦等許久的那個人終於踏著蹣跚步伐，從扭曲變形的熱浪中走過來。

「對不起……我來晚了……」

她露出明顯的疲態，身上的汗比被迫乾等三十分鐘的我還要誇張。

她穿著黑色無袖上衣，配上以白色為基調的碎花百褶長裙，質料輕薄的長裙演繹出夏日風情，胸前閃閃發光的小顆墜鍊襯托出她如花似玉的臉蛋，連我這種不追逐流行的人看了都覺得時尚有型，她卻一副筋疲力盡的模樣，讓人有種白白浪費這身魅力的感覺。

「妳怎麼流這麼多汗？」

她沒回答我的問題，眼神聚焦在我的右手上，我循著她的視線望去，她就一把搶過我手上的水壺，咕嘟咕嘟地喝了起來。

「那是我的水壺耶……」

天啊，她還給我的水壺幾乎空了。先是讓人在盛夏的柏油路上枯等三十分鐘，現在竟然還把貴重的水資源給搶走。

她是不是跟我有仇啊？我開始對她心生恨意了。

「呼——謝謝，終於得救了——對了，順便買支嘎哩嘎哩君來吃吧。」

居然還得寸進尺要我買冰棒給她？我沒理她，而是追問遲到的理由。

「唉呀，我想說要跟男孩子單獨出門，就幹勁十足地準備了一番，這時候家裡唯一一台腳踏車卻被我哥騎走了……」

「所以妳一路走到這裡？」

「是啊，花了三十幾分鐘才從家裡走過來。不好意思，我來晚了。」

聳聳肩膀雙手合十的她露出了抱歉的笑容，看起來似乎有那麼點愧疚感。我輕輕嘆了口氣，將幾乎空空如也的水壺收進包包裡。

「沒差啦，反正妳還是有來赴約。」

「這是我的台詞吧，天野同學。如果到了約定時間我還沒來的話，我還以為你會直接回家。再說，我原本還擔心你今天不會來呢。」

她說得沒錯，我確實猶豫過該不該赴約，但既然答應要當她的攝影師，我就非來不可，畢竟這也是我提升攝影技術的大好機會。

「那今天要幹嘛？」

「我先問一下，天野同學吃過午餐了嗎？」

「吃過了。」

「我想也是，感覺你就是這種人。」

她點點頭，表現出莫名理解的態度。

「為什麼？」

「我只是怕天野同學還沒吃飯，就先餓著肚子過來了。」

原來如此。跟我關係密切的就只有家人跟壘，所以我完全沒顧慮到這些細節，平常我跟她毫無交集，這種時候就能感受到彼此的差異。

「……抱歉，我沒想這麼多。」

「別放在心上，畢竟只是臨時約一下，吃完飯才過來也很正常。」

「以後我會留意。」

「嗯！下次再一起吃飯吧。別說這些了，準備前往目的地囉！」

一不注意就被她約好下一次了，我真的要小心點才行。

「目的地？不是在學校附近拍照嗎？」

「好，出發吧！」

「去哪裡？」

「去驗證你的人性。」

聞言，我頓時一驚。她果然還懷疑我是偷拍魔嗎？

她抓著我的手臂直接將我拉進車站，似乎毫不在乎我的反應。

「等等，要搭電車？」

「對啊。」

「那妳要儲值嗎？我去買票。」

「不用，包在我身上。」

我現在根本沒辦法進站，她卻繼續拉著我前進，在旁人眼中我就像被女孩子硬拖著到處走的沒用男生吧。雖然很在意旁人的目光，但我已經自暴自棄地放棄掙扎了。

「來，天野同學，你用這個。」

她在驗票閘門前遞給我一張交通卡。

「這什麼？那妳有嗎？」

「當然，這是天野同學的。」

「什麼意思？」

「嗯——簡單來說就是替你辦的，跟我出門的時候可以用。」

目瞪口呆就是這種感覺吧，我還愣在原地，她已經迅速進站了，無奈之下，我就用了她送的這張卡片。

「呃，這是怎樣？」

我沒看錯的話，驗票閘門上顯示的餘額是「兩萬圓」，比我預期的數字多一個零。

「怎麼啦——快點啊——」

她心中或許沒有「等候」這個概念，還從不同角度觀察我蹙眉歪頭的疑惑模樣，以此為樂。

「這個餘額是怎樣？」

「唉唷，這張電子票證最高好像只能儲值兩萬圓啊——」

「這麼貴重我沒辦法收。」

「沒關係啦，以後還要去很多地方，我反而覺得不夠用呢。」

她是想要穿越國境嗎？

拍照時背景固然重要，但我真沒想到她會下如此重本，我可能沒辦法理解她對這件事有多認真。

「總之先出發吧？」

被她這麼一催，我帶著半分不知未來會如何發展的恐懼，搭上了電車。

決定被動行事的我看不出她的意圖。

「以後我一定會還妳這筆錢。」

我耗盡全力才說出這句話。

到了終點站她才下車。我們下車的這一站，似乎是全國載客量排名第二的車站。熱鬧街頭的人潮和夏日酷暑充滿了能量，足以讓我卻步。為什麼她這種聒噪的人總會主動奔進喧騰的人海之中呢？如果是因為夏天才這樣，那她要衝進的應該不是這種海吧。

「嗚哈——有夠熱——已經進入真正的夏天了呢！」

話雖如此，我覺得她這股活力充沛的氣息完全不亞於熱辣的陽光。

但她說得沒錯，由於梅雨季已經結束，今天的體感溫度比氣溫高得多。

「每年夏天都這麼熱嗎？」

「就是說啊，到八月盛夏會變得多熱啊，像我這種纖細的少女應該會融化吧。」

「妳是奶油喔？」

「沒錯，就是為了塗滿你這塊麵包的奶油。」

「我不喜歡油脂類的東西。」

我拋出這句挖苦的話，她不僅沒生氣，還開心地大笑出聲。

她應該是我最不擅長應付的類型，不知為何卻能聊得起來。我確實不太喜歡這種人，但跟她聊天時總有熟悉的感覺，不知該用神奇還是似曾相識來形容。

我們聊著聊著，就抵達了目的地。

眼前是這個城鎮最有名的休閒設施，設施名稱似乎要讓人聯想到夏日豔陽一般。該怎麼說，這讓我有點心煩。

「對了，我待會兒還有事。」

「你在說什麼啊，就算真的有事，我也不會讓你回去。」

「……我不喜歡這種地方。」

「一定會很好玩啦！」

「我就說不喜歡了……」

「我就說會很好玩嘛！」

看來她絲毫不打算接納我的意見，我只好放棄抵抗走進設施。搭上通往地下樓層的電扶梯，逐漸被冰涼的空氣包圍後，我才因為感到舒適而略微放鬆了表情。

這座設施附設的水族館相當有名，我猜她一定是要去那裡取景拍照，但她前往的目的地基本上是不能拍照的。

「我為什麼要盯著天花板看啊？」

「我很喜歡這裡嘛。」

「這種地方不能拍照啊。」

「我的首要之務是了解你的人性，確定是不是真的能找你當攝影師。要鑑定一個人的話，我就會帶他來這裡。」

她帶我來的是天文館，雖然很適合她這個天文社社員，但不該是能跟我單獨來的地方吧？我們的關係是攝影師跟模特兒耶。

「在天文館可以了解人性？」

「單純就看你能不能享受這片超級人工的星空囉。」

「『超級人工』這個說法有點討厭耶，聽起來不像是在形容滿天星辰，而是在吐槽太過人工。」

「我就是這個意思啊。」

「……」

「喏，開始囉。」

她低語的同時，周遭的喧鬧聲平息下來，緩緩轉暗的燈光讓視覺、聽覺的刺激逐漸遠離，唯一能感受到的只有她微弱的氣息。

我們在寂靜中等待頭頂上的巨幕投映出星空時，清甜的柑橘系香氛就撩起了嗅覺反應。天文館似乎想主打療癒效果，環境營造得比我想像中還要舒適。

過了一會兒，館內的整片天花板就被星空覆蓋，隨後由沉穩的男聲旁白一一為星座進行詳細解說。由於時值初夏，介紹的大部分都是夏季星座。

平常總在教室裡開懷大笑的她，在這片星空前卻變成純真無瑕的少女，神情真摯地抬頭仰望。我對「綾部香織」的既定印象就是聒噪，本以為她在這種安靜的地方也會徹底發揮聒噪本性，所以有點意外。

我對天文知識一竅不通，四周環境又相當舒適，原本還擔心會不會被拖入夢鄉，看來只是杞人憂天。

解說內容連我這種天文新手都聽得興味盎然，光芒萬丈的一等星看起來特別美麗，我真想將那些以一等星為主體的星座都收進相片中。雖然過去沒有拍攝星空的經驗，但看來似乎值得一試。

四十五分鐘的播映時間轉瞬即逝，除了最開始之外，我都無暇在意她的反應，完全沉浸其中。

「呼——結束了——」

「嗯。」

我瞥了眼正在舒展筋骨的她，腦海中還在細細回想方才看到的星座。

以夏季大三角的說明起始，綻放紅光的天蠍座、特別明亮的角宿一，還有鄰近的處女座，儘管只是虛擬的星空，但再次回想起來，無數星辰連成一個星座的模樣果然壯觀極了。

其實我是第一次觀看星象儀，感覺像是觀賞了一部電影，卻沒辦法像觀影後一樣明確說出「好精采」這種感想，滿腦子只有「好棒喔」這句話。

「你覺得天文館怎麼樣？」

「好棒喔。」

我是真的只說得出這句話，所以才如實道出，但這好歹是她喜歡的地方，她會不會覺得我的感想很隨便？我這麼心想，她卻只是微微一笑。

「太棒了。」

「不要學我好嗎？」

「不是啦，我的意思是『幸好你覺得很棒』，也很慶幸你是這種人。」

她露出如釋重負的安心笑容。

「這種人？」

「嗯，這種人。畢竟我這個人很任性嘛。」

「哦哦，原來妳有自覺啊。」

「少囉嗦，我還在講話，不要插嘴。」

話題一直被我打斷，讓她露出打從心底感到不快的表情。

「總之就是這樣，我只能跟對我喜歡的事物有興趣的人打交道。」

對我喜歡的事物有興趣的人——確實是很任性的說法，但這或許也是她對星空充滿熱情的另一種表現，「希望對方對我喜歡的事物有興趣」這種心情我也能體會，畢竟我也跟壘介紹過相機。

「但就算你對天文館沒興趣，我還是會一直帶你過來，直到你愛上為止。」

「妳真的很任性耶。」

「嗯，所以就算你覺得『早知道剛剛倒頭就睡』也沒用。」

「我從一開始就沒得選？」

「沒錯。你的未來已經注定了，就是得拍我。」

「說得還真誇張……但妳之前說可以在天文館得知人性，這一點我還是聽不懂。」

「嗯，你完全過關了！因為沒興趣的人就會馬上睡著啊。」

看到她那抹自以為是的壞笑，我雖然有點懊悔，但確實也鬆了口氣。

「其實我對天文館沒什麼興趣，因為妳一開始就說很人工，我身為攝影師也最崇尚自然之物，但一邊聽星座解說一邊觀看，比我想像的還要有趣。」

「這樣啊，嗯嗯。」

她不停點頭，好像很滿意似的。

「那我跟你說說另一個會讓你感興趣的事情吧。」

「什麼？」

「我是織女星，就是夏季大三角之一的那個織女星。」

「什麼意思？」

居然把自己比喻成星星，還真是大言不慚。

「對了，妳之前說過『星星在笑』，是因為妳也是星星才看得出來？」

我用半開玩笑的語氣嘲諷道，她只是露出淺笑。

「如果可以變成星星就好了，但我不是這個意思，應該說織女星是我的專屬星吧。」

她一時間不知該如何表達，卻還是繼續解釋道：

「不是有『誕生石』這種依月份區分的石頭嗎？套用在星星上的話，一年三百六十五天都有誕生星。我的誕生星就是織女星，星語是『心平氣和的樂天派』，跟我很像吧？我的象徵星就是織女星。」

方才的星座解說中提到，在眾多星辰當中，織女星是光芒萬丈的一等星。她這句話聽起來相當傲慢自大，但她說話時的側臉卻帶有一絲哀愁。

「居然說一等星是自己的象徵星，妳真的很有自信耶，還是妳的字典裡單純沒有謙虛這兩個字？」

經常被人們簇擁的她，確實很像會將其他不起眼的星光掩蓋的一等星。

「哪有——我的字典裡好歹有笑容這兩個字啊。」

她好像也知道自己毫無謙虛可言，我雖然心想「光有笑容又如何」，但我和她還沒有熟悉到可以直接反駁的程度。

「不過，真虧你知道織女星是一等星耶，難道是對我有興趣？」

「並沒有，是因為剛才在天文館有織女星的解說。」

「這種時候就算說謊也該回答『是』啊，這就是人與人相處的學問。」

「那我不要跟別人相處就行了。啊啊，是說，難道妳提到織女星是那個意思？」

「哪個意思？」

「難道妳想說自己是織女嗎？」

「啊，你也知道啊！」

「我剛剛就已經解釋過了。姑且聽我一句勸，最好別在其他人面前說這種話。」

如果主動公開表示「我是織女」的話，應該會被當成自我感覺良好的怪人吧。

「為什麼？我已經說過好幾次了，還有朋友叫我織女呢！」

她一臉無所謂地這麼說。從被她叫上頂樓時我就隱約有這種感覺了，雖然我一直以來都把她當成普通的同班同學，但在某種意義上，我對她可能有點誤解。

「好吧，妳就是自我感覺良好。」

「真沒禮貌，我又沒有逼他們叫我織女。我的名字是綾部香織，既有『織』這個字，日文讀音也有近似『vega』的音，就很有織女的感覺啊，還有我剛才說過的誕生星也是。」

「我覺得很牽強，但我知道妳跟織女星很有緣了。」

姑且算有搭得上邊的理由，雖然我還是覺得牽強附會就是了。

「雖然我是織女，卻遲遲找不到牛郎當另一半啊——」

她站起身走向出口，其他遊客幾乎都已經離開房間了。

「是嗎？能找到就好了。」

我不太熟悉這種話題，也完全沒興趣，所以馬上就回答了。

「很敷衍耶——就不能再感同身受一點嗎？」

「那是妳的問題，跟我無關吧。」

「不一定喔，搞不好跟你也有關係。」

「……什麼意思？」

「嗯嗯——沒什麼——」

我常常聽不出她話中真正的涵義，但如果要繼續當她的攝影師，是不是也該把她這一面表現出來才行？

「對了，還沒拍照呢。」

我從自己的思緒中回想起原本的目的，因為對天文館太過著迷，結果忘得一乾二淨。

我看了包包一眼，裡頭放著今天完全沒派上用場的相機。躺在包包底部的相機似乎發出黯淡的光芒，苦苦等著被按下快門的機會。

「今天就算了吧，下次再拍。對了，我們去吃晚飯吧！」

她到底知不知道我們的目的——更正，有沒有搞清楚我們是什麼關係？一路陪她玩到現在的我雖然沒資格說什麼，但我們不是出來玩的耶。

說這些話也於事無補，既然模特兒無意拍攝，就沒有拿出相機的機會了。但若把今天想成「正式會面」的話，那也算有意義吧？

「啊——雖然有點難以啟齒，但是很抱歉，晚上我沒辦法陪妳了。」

午餐一事對她有點抱歉，我實在難以開口拒絕，但今天真的不能跟她一起吃飯。家裡只有我跟媽媽兩個人，要輪流做飯，今天剛好輪到我，所以得盡早回家準備晚餐才行。

「咦——！我很期待耶——」

「今天我得早點回家。」

「嗯——算了，這也沒辦法。」

她馬上就理解了。

之後我們一起回到離學校最近的車站，並就此解散。

明明中午就已經說過了，她又硬是跟我約好下次要一起吃飯。如果答應她能讓她心服口服也好，否則天曉得又會被她要求什麼事情。

看樣子下次又要外出了。雖然她說要把交通卡裡儲值的錢全部用完，但她到底想走多遠呢？或者應該說，我到底會被她帶到多遠的地方？

但我居然覺得無所謂，真不可思議。不是因為我生性樂觀，單純只是我萌生了想為她拍照的念頭。

正因為她基本上都是笑臉迎人，不經意瞥見的其他表情才讓我印象深刻。不管是聊到星座時從表情細微處流露出落寞的眼眸，還是耍賴時鼓起的雙頰，這些多變的表情讓我覺得很有拍攝的價值。

最重要的是，我想將煙火大會上看到的那抹倩影留存在照片中。不知怎地，這股念頭比以往更加強烈了。

「媽，飯做好囉。」

「謝謝——」

我把晚餐做好時，媽媽正在看追蹤抗病生活的紀實性節目。

這雖然是我的偏見，但媽媽明明是護理師，竟然會看不得這種重病相關的影片。就像現在，她的眼角也盈滿了剛湧上眼眶的淚水。

「爸爸離開我們已經快四年了呢。」

不知是不是受到節目影響，媽媽剛坐上餐桌，嘴裡就嘀咕著這種話。

爸爸是在我國一那年去世的。他們是感情好到連小孩看了都不敢領教的恩愛夫妻，所以爸爸走的時候，媽媽受到的打擊應該比我還大。每年一到這個時期，媽媽就會變得多愁善感。

「……是啊。」

「輝彥，今年忌日去掃墓過後，你有什麼安排嗎？」

「應該是陪在每年都哭哭啼啼的媽媽身邊吧。」

「輝彥～！」

或許是束縛至今的枷鎖終於掙脫，淚如雨下的母親隔著餐桌卻作勢要抱我。

看她這副模樣，下週六，也就是七月二十日，我只能陪在她身邊了吧。

「媽，擦擦眼淚跟鼻水吧，會滴到飯上喔。」

「嗯啊啊，抱歉。」

看著媽媽抹去滿臉淚水，我問出了從以前就困惑不已的問題。

「不知道這麼說恰不恰當，但護理師應該比一般人更習慣面對『死亡』吧，所以我以為媽對這種紀實性節目的抵抗力很強，但妳是不是不太行？」

說完，我看向仍在播映的節目。

「該怎麼說呢，這是兩碼子事。畢竟這種節目會想盡辦法只擷取美好的片段來播放，所以不論是好是壞，都會比現實狀況更讓人動容。如果真的看到遺留在世的家屬煎熬痛苦的樣子，我們絕對不能哭。因為就算我們掉眼淚，那些家屬也得不到救贖。」

剛才還哭得抽抽搭搭的媽媽，忽然語氣嚴肅地這麼說。這就是過來人的經驗談吧，語言的說服力就是不一樣。

「但如果是年輕人生了病，我還是會覺得很悲痛。」

媽媽在家裡很少談到工作上的事，但聽她這麼說，我也點點頭。

我現在的生活並沒有太多拘束，但只要一生病，往後可能擁有的經驗和回憶都將受限，這樣未免也太倒楣了。

我忽然想起她，但她跟電視上的女病患有著天壤之別。

在醫生囑咐的範圍之內，那個病患才有自由自在的權利。要活潑開朗的她去過這種生活，應該會難受得不得了吧。

但如果是她的話，可能不會把重重限制放在眼裡，依舊恣意妄為。

「都已經生病了，她應該不會這麼誇張吧。」

儘管這麼想，我還是馬上就能想像到她在狹小病房內痛苦難耐，大吵大鬧的模樣。

不過，照片啊，雖然今天沒拍成，但往後為她按下快門的機會應該會越來越多吧。

照片也有很多種類，比如她追求的時尚模特兒那種華麗的照片、講求藝術美感的照片，還有追蹤抗病生活反映現實的那種照片。

爸爸死後，我繼承了他的相機。

爸爸以前經常去媽媽工作的醫院，因為興趣使然時常帶著相機。由於他是護理師的丈夫，經常有患者請他幫忙拍照。

雖然不知道爸爸當時是懷著什麼心情按下快門，但爸爸的確是個偉大的攝影師，這一點我敢保證。

在爸爸拍的照片裡，每個人都笑容滿面，完全看不出場景是醫院，也看不出鏡頭裡的人是病患。我很喜歡爸爸拍的這些照片，可能就是因為喜歡，我才會一直拍下去，想追逐爸爸過往的那些痕跡。

「拍照的意義……」

那天晚上，我稍微思考了一下拍攝人像的意義。

我幾乎沒拍過人像照，跟總是拍攝人像的爸爸截然不同。我明明繼承了爸爸的相機，卻從沒拍過人。

原因很簡單，因為我很抗拒拍攝人像照。爸爸雖然是個偉大的攝影師，我卻毫無自信，不認為自己能跟爸爸拍得一樣好。

我雖然告訴自己「這是磨練技術的機會」，而答應了她的要求，但我還是沒有信心。

我能將她的優點表現出來嗎？

我真的能勝任她的攝影師嗎？

第二章

「綾部香織是什麼樣的人？」

「真難得耶，輝彥居然會對別人感興趣。」

「唔，該怎麼說，我是不得不對她感興趣啦。」

放學後，壘為了打發時間，便跟我一起參加社團活動。他的交友圈很廣，或許知道些什麼，所以我才試著問了她的事。

「綾部啊——對了，那傢伙很像星星。」

這個答案讓我有些驚訝。壘是知道她是天文社的才這麼說的吧？被我這麼一問，壘就能馬上把她跟星星聯想在一起，搞不好壘比我想像的還要了解她。

「很像星星？」

「是啊，一望無際的夜空中的繁星之一。可能讓人覺得很渺小，卻還是盡著星星的本分努力發光，綾部就給人這種感覺。」

眼前這個男人，毫不矯飾地說出這段話。

壘是我小學時就認識的朋友，也是少數能理解我的人。爸爸過世的那段期間，若不是有壘陪著我，我可能沒辦法好好振作。當時我老是將自己關在房間，壘卻天天來鼓勵我。不知是有意還是無意，壘總會若無其事地說出意有所指或刺耳難聽的話，但他的言語確實有引導人心的力量。

「有點難懂耶。」

「總之那傢伙滿有趣的。」

有些人也會對壘的性格心生嫉妒，因為壘很有人望，又頗受他人信任，不管是男是女，仰慕他的人都不少。具體來說，壘很受歡迎。

雖然很受歡迎，但他從來沒傳過緋聞，畢竟他本人也主張對戀愛毫無興趣。所以當壘說起她時，他的表情和聲線，尤其是那種特別的形容，都讓我深感意外。

「為什麼這麼說？」

「啊啊，高中入學典禮的時候，我跟她有過一面之緣。」

「我記得你當時受傷了吧？所以才會遲到。」

壘光是遲到就已經夠稀奇了，那天還是入學典禮，所以我印象很深。之後他說「一開學就被大家看笑話了」，還為此沮喪不已，我也記得很清楚。

「啊，那另一個遲到的人——」

「你連這個都記得啊。沒錯，綾部發現我受傷，就幫我做了緊急處置。」

「原來如此。」

「而且那傢伙還說『入學典禮只有你一個人遲到，一定會超級丟臉，所以我也陪你一起遲到』。我聽了哈哈大笑，連傷口的疼痛都忘得一乾二淨。」

壘平常總是冷靜沉著，我第一次看到他這麼愉悅的表情。

「看到有人受傷，應該沒幾個人會馬上伸出援手吧，綾部卻可以。她就是這種人。」

過去我從沒看過壘這種表情。就算我對這方面再遲鈍不解，也想像得到這是什麼感情。

「壘，難道你對她——」

但該說是不湊巧嗎？真是說曹操……那句話是什麼來著？

「早安——！」

攝影社的社辦通常很安靜，交談聲很少，只有偶爾響起的快門聲，這時卻忽然有個格格不入的嗓音響徹四方。

除了我之外，社辦裡的人全都將視線移向聲音的主人，但我大概猜到是誰了，看都沒看就回答道：

「……妳上課都在睡覺，可能覺得『早安』這聲招呼很合理，但很遺憾，現在已經傍晚了。」

我上課時都盯著黑板，沒有在看她，所以不知道平常狀況如何，今天日本史課才知道她在打瞌睡。她還被老師擺了一道，變成大家的笑柄。日本史老師明明很嚴厲，卻沒有大發雷霆，應該是因為她很討人喜歡吧。

「嘖嘖嘖，『早安』是用來跟當天第一次見面的對象打招呼的用語，才不是睡醒後專用的招呼語呢。而且我是因為上學很累才會睡著的，有什麼辦法。」

她豎起食指得意洋洋的模樣看了令人火大，但要是跟她認真就輸了，總之我決定無視她。

但她還是不忘露出官方笑容，完全沒把我的反應放在心上，直接抓住我的手。

「好，我們走吧。」

她跟壘應該有過一面之緣，對他卻毫不理會，逕自將我帶出社辦。

「去哪？」

「那還用說，當然是拍照啊。」

她又在我面前任性妄為了。

離開社辦前，我看到壘用困惑和呆滯參半的表情看著我們，給我留下非常強烈的記憶。

她把我帶上頂樓，夜幕已然降下，西斜的夕陽將她的身影也染成橘黃色。

「欸、我說……」

「怎麼了？」

我按下快門。雖然沒有先前煙火大會時的興奮感，但她還是很上相，可能因為她是身高偏高的女生才會給我這種感覺吧，在她身後的夕陽也完美地突顯出這幅情景。

儘管還是無法擺脫拍人像的生疏感，但我確實覺得值得一試。

「雖然是我提議的，但當模特兒真的很害羞耶！」

她的臉紅通通的，或許不全然是因為夕陽。

「事到如今說什麼傻話。不過，原來妳也有羞恥心啊，那我就放心了。」

「當然有啊！你把我當成什麼了啊，真是的！」

對話期間，我仍然沒有停止按下快門的手。

這麼做便能引導出她各式各樣的表情，她雙手扠腰抱怨連連的表情也全都拍下來了。

「妳的表情很像三色盤耶。」

「什麼意思？」

「又笑又喜，然後又笑。」

「那只有兩色而已吧！說得我好像是只會傻笑的蠢蛋一樣！」

「這是事實啊，不能怪我。」

「唔唔唔——！」

「那把這個賭氣的表情也算進去，就是三色了。」

沒錯，她身上沒有第四種顏色。在喜怒哀樂中，幾乎找不到「哀」這種情緒，而且「喜」和「樂」也占了絕大多數。

但她偶爾還是會流露出哀傷的神情，其中的原因究竟為何？

「拍得還行嗎？」

「放心吧，以第一次拍攝來說算不錯了。」

「真的嗎?!」

「嗯，夕陽把各方面都修飾掉了，很接近那種感覺。」

「被修飾掉了啊，雖然不算開心，但還是算了吧。之後也要繼續拍喔，好期待洗出來的照片！」

她好像知道現場確認畫面跟看到成像的感覺不太一樣。

被她叫過來之前，我從沒有來過頂樓，沒想到這裡給人的感覺意外舒適。周遭沒有比學校更高的建築物，不僅通風良好、景觀優美，也是很適合拍照的地點。

原來如此，這或許就是她喜歡這裡並總是想來的理由。

我再次看向觀景窗，將她的身影收進照片中。靜謐的頂樓只有快門聲微微響起。

「真是的——不要偷偷拍我啦——」

「……那我要怎麼做？」

「就是……像攝影師那樣引導我擺姿勢，或是說點可以緩和氣氛的話題啊?!」

「沒用的，別對我有那種期待。」

「啊哈哈，說得也是，你在教室裡根本不吭聲嘛！」

「啊，但我應該，有個問題想問妳。」

「咦！什麼什麼！」

說穿了，她找我當攝影師的契機，就是在煙火大會上懷疑我偷拍她。雖然她說「這是為了讓你銷罪」，但我始終不解。剛才跟壘聊天時，我也覺得很疑惑。

「妳真的覺得可以讓我當攝影師嗎？」

「那還用說，你也通過我的天文館測試了啊。」

「我不這麼認為，還有很多攝影技術比我好的人，也有很多人比我更願意面對妳，我覺得他們比較適合吧，比如壘那種熱心的人。」

「為什麼要提到他？啊，難道你只有壘同學這個朋友？」

她應該沒想過這句話可能會傷害到我吧，但其實我毫髮無傷就是了。

「……沒什麼，只是直覺。壘很受女生歡迎，但他好像對妳有意思。」

「是嗎？無所謂，我就指名要你。」
「這樣啊……」
語氣聽起來很平靜，不太像她會說的話。聽到她用不同以往的聲音說話，我抬起頭，但她的表情依舊難懂。
搞不懂她在想什麼，也不懂她為什麼要指名我。
但再怎麼想也無濟於事，於是我停止思考，將意識集中在視覺和手上。
天色漸暗，拍攝差不多該結束了，結果她忽然開口道：
「好，去買東西吧！」
「是嗎？路上小心。」
我好像也慢慢習慣她不按牌理出牌了，下意識就知道該怎麼回應她。
「你也要一起去！」
「今天除了社團活動之外，我還要打工。」
她好像正在用手機列出想去的店家清單，我則準備打道回府，跟她正好相反。
就算我說要在和她的相處中採取被動模式，也不能因為打工遲到造成他人困擾。
「嗯──去這間店吧！……欸，你要打工?!」
「對，打工。」
「沒想到你行動力這麼強，我還以為你是放學後馬上回家的那種人，光是會加入攝影社就讓我夠驚訝了。」

「我知道妳想說什麼，但相機零件真的很貴，不打工的話實在沒辦法好好拍照。」

「原來是這樣啊——相機零件感覺就不便宜，你都把鏡頭拿得離我遠遠的，才讓我有這種感覺！對了，你在哪裡打工啊？」

「以妳來說算是觀察得很敏銳呢，因為我覺得妳一碰鏡頭就會馬上弄壞。我在送披薩。」

「咦？披薩是用機車送吧？你會騎車?!」

「是這樣沒錯。」

她不知道在興奮什麼，從剛才就微微彎腰在自己膝蓋附近猛拍，難道是在暗示「披薩」跟「膝蓋」的日文發音雷同？連現在的幼稚園小孩都不會說這種幼稚的冷笑話了。

「講得一副事不關己的樣子。但你居然會騎車，比我想像的還要成熟耶。這樣啊——原來你在披薩店送披薩啊——」

「雖然不知道妳對機車有什麼想像，但為了拍照要出遠門的時候，有交通工具就很方便。」

她又拍了拍膝蓋，維持這種彎腰的姿勢也差不多該累了吧。

「哦，出遠門也很方便啊，真羨慕。呃！喂，為什麼不吐槽我啦！」
「咦？吐槽什麼？」
「啊——我知道了，你是那種完全不看搞笑節目的木頭人吧？」
「『膝蓋』跟『披薩』的冷笑話，我猜連幼稚園小孩都不會發現吧。」
「搞什麼，你明明知道啊！」
最後我答應在打工前陪她去買東西了。可能是因為我一直無視她的冷笑話，今天的她才會比平常更霸道。
我就直說吧，她在購物的時候就是個蠢蛋。在不到一小時的購物時間內，她就幾乎把我打工一個月才能賺到的薪水全花光了，根本不是放學後隨意閒逛的程度。前幾天跟她出門時，我也被儲值金額嚇得不輕，難道她是什麼知名富豪的千金嗎？
「嗯？我家？就是一般家庭啊。我們家有四個人，爸爸是公務員，媽媽在打零工，還有個隨心所欲的大學生哥哥。」
「那妳怎麼能在區區幾件衣服上花這麼多錢？如果是真的很想要的東西，猶豫再三才咬牙買下的話還能理解，但妳幾乎沒有考慮耶，而且連男裝都買。我不管妳為什麼有這麼多錢，但勸妳還是把金錢觀改一改吧。」

儘管我這麼說，她還是走進餐廳，馬上把店員叫過來。

「我要點這個、這個……還有這個！」

「妳有沒有在聽我說話？」

離打工還有一段時間，我們就決定順著她的提議一起吃晚餐。去天文館那天推辭她確實讓我有點內疚，但她速戰速決的模樣，讓我從頭到尾都驚訝不已。

「我的確也覺得今天好像買太多了，但這些都是拍照要用的服裝，所以沒關係，男裝也是日後的必需品，我一點也不後悔，反而覺得不買才會後悔呢。而且有個心理學教授也在電視上說過『優柔寡斷的人簡直白活了』，你應該多學學我的果斷。」

「……那她點的這些也給我來一份。」

雖然沒機會細看菜單，但都已經把店員叫過來了，我也不好意思讓店員一直乾等到我決定為止。無奈之下，我只好點了跟她一樣的餐點。

「我先聲明，不是我優柔寡斷，純粹是妳決定得太快了。而且妳根本沒看菜單就把店員叫過來，難道妳在朋友面前也會這樣嗎？那我勸妳改一改吧。難得吃一頓飯，那個朋友實在太可憐了。」

「大家一開始確實都滿困惑的，但現在都沒問題啦。再說還有一堆人做決定的速度比我更快，他們根本連菜單都沒翻開耶。」

該怎麼說，這已經不是有事先預習的等級了吧。以後跟她吃飯，搞不好還得先蒐羅周邊的餐廳資訊。

「而且妳也好好考慮一下要去哪間店吧。」

她直接就往大型購物商場的最頂樓衝，沒有一絲猶豫。這座商場鎖定的客群是家庭，美食街的價位比我想像的還要高，高中生很難出手，況且她還走進當中價位相對較高的西餐廳，跟我吃飯選這種餐廳，未免也太不協調了。

「我的座右銘就是『與其不做而反悔，不如做了再後悔』，所以想買什麼就買什麼，想去哪就去哪，做事全靠直覺。放心，至少不會在金錢方面給你添麻煩，所以你之後要繼續陪我喔。」

「我知道妳想說什麼，妳的志向也很優秀，但我們只是高中生，還是認清自己的立場吧。等我們踏入社會，各方面都更從容之後，再來追求這種自由不好嗎？」

「你在認真什麼啦！對我來說當下才是最重要的。放眼未來確實很好，但也要當下的我才能塑造出那個未來啊！想做什麼就放膽去做，只有現在才能有這種體會，所以一定能轉換成無可取代的回憶。如果不用盡全力活在當下，未來一定也沒辦法全力過生活！」

她直盯著我說道，還有點喘吁吁的，讓我不禁笑了起來。

當下的我才能塑造出未來啊，她就是抱持著這種思維活在當下的嗎？跟思緒安定的我簡直南轅北轍。這種直率的思維，也可以說是從不考慮風險、橫衝直撞的類型吧。

但或許是她真的用盡全力在生活，也向周遭傳達了她的信念，所以她才這麼受歡迎吧。以往我對她的價值觀有些鄙夷，現在稍微改觀了。

「你有座右銘嗎？」

不管是偉人的名言，還是我覺得言之有理的諺語，我都不會拿來當作自己的行動理念，但我知道有句話非常適合我這種人。

「座右銘……硬要說的話，應該是『塞翁失馬焉知非福』吧。」

「什麼啊！塞翁之馬？你想變成馬喔？」

「字面上來看確實是馬沒錯，但這句話是起源於中國某個故事。」

「某個故事？」

「這故事可能滿無聊的。」

「沒事沒事，你太謙虛了，不必這麼在乎嘛。難得可以聽你說自己的事，不管是什麼我都洗耳恭聽。」

她等著我說出下一句話，似乎打從心底感到開心。她應該每天都像這樣開心地笑著面對一切吧，跟我看待日常的觀點一定截然不同。

我頓了一會兒，便開始講述「塞翁失馬焉知非福」的由來。

「這是中國的故事。從前從前，有個老爺爺跟他兒子住在一起。」

「開場有點像日本的童話耶，感覺會有老奶奶去河邊洗衣服。」

不知她是不是在想像故事場景，只見她做出用洗衣板搓洗衣服的動作。

「這故事沒有老奶奶啦……然後呢，某天老爺爺養的馬逃到遊牧民族的領地去了。因為老爺爺很疼愛這匹馬，周遭的人都覺得他一定很傷心，但老爺爺本人卻笑得很開朗。」

「咦咦！為什麼！我光是想到以前養的狗狗死掉那一刻都快哭出來了。所以這個老爺爺很無情嗎！」

她每個反應都很誇張，我甚至覺得不管多無聊的故事都值得一談了。

「老爺爺認為：『沒什麼，馬逃走了，說不定會招來幸福呢。』」

她一臉嚴肅地點點頭說「還真樂觀」。我心想「妳也沒差到哪裡去」，但還是沒說出口。

「結果幾個月後，那匹馬竟從逃去的那個地方帶回一匹駿馬，但這次老爺爺卻說『這或許會帶來不幸』。而他說得沒錯，他兒子不慎落馬還斷了腿。」

「有得有失呢。」

她若有所思地這麼說。妳還會用成語啊——這話我當然沒說出來。

「可是，老爺爺居然連兒子受傷了都說『這或許會招來幸運』呢。」

「……聽到這裡，我只覺得這都是老爺爺設的局耶，他就是這一切的幕後黑手。之後的劇情如何？」

「幕後黑手啊，這我倒是沒想過……嗯，之後老爺爺他們住家附近的城池忽然被敵軍攻破，引發了一場大戰，那一帶的壯丁都被送上戰場，幾乎都戰死了。」

「啊，我知道了！老爺爺的兒子因為受傷不必打仗，平安存活下來了吧！」

「嗯，就是這樣。」

「可是這又招來了不幸……劇情是不是這樣發展？」

「……不，故事到這裡就結束了，這就是『塞翁失馬焉知非福』的由來，我認為這故事的寓意是『人生無常，不必為了每個幸與不幸讓心情過度起伏』。所以就算被不聽人講話的某人耍得團團轉，還是被懷疑成偷拍魔，或許都會招來幸運。」

「你在說誰啊？」

她故意這麼問，我也配合她的反應聳肩回答「天曉得」。

「總而言之，我只想照自己的步調，活得從容自在。」

「呵呵，很像你的作風。」

「跟妳完全相反。」

「對啊。」

「但妳是不是覺得『這樣也很有趣』?」

「哦哦——越來越懂我了呢。」

是嗎?我越來越了解她了嗎?或許就是因為我跟她的想法截然不同,才很容易猜出她在想什麼。

「讓您久等了。」

「哇!看起來好好吃喔!」

店員送餐的時間點太過剛好,甚至讓我懷疑他是不是聽到我們的對話了。送上桌的料理外觀誘人可口,看著眼前的料理,她不禁露出了笑容。

她這種可說是樂觀過頭的反應,總能讓周遭的人笑逐顏開,現在這位送餐的店員看到她的反應,也滿足地笑了。

「嗯~~~好好吃啊!」

只見她不停將料理送入口中,彷彿按捺不住似的。

「你也趕快吃吧,難得一起吃一頓飯,冷掉就浪費了。」

「啊啊,也是。」

她現在渾身上下都是正向氣息,應該不能容許食物冷掉這種負面因素吧。

我們點的是漢堡排盤餐，但厚度跟滋味都跟我熟悉的家庭餐廳漢堡排截然不同。

我學她將餐刀插進漢堡排，結果那塊厚度十足，感覺膨脹到快要破裂的肉排中，就瘋狂溢出肉汁和絕對好吃的香氣，我的肚子馬上難以抗拒地叫了起來。

平常吵吵鬧鬧的她在星空和美食之前似乎都會安分許多，神情幸福滿足，笑咪咪地享用料理。

「嗯，真好吃。」

一起點的附餐沙拉也很爽脆，跟漢堡排簡直是絕配。

我一口接一口吃個不停，完全停不下來。

我的反應不大，但表情似乎不經意變得和緩。她看著我，誇張地勾起一抹不懷好意的笑，臉上彷彿寫著「幸好有來這間餐廳點這道菜吧」。

我覺得有點不甘心，故意在早已清空餐盤的她面前放慢用餐速度，表現得十分刻意，想在這方面好好出一口氣。但她還加點了甜點，於是我也不甘示弱地追加，結果我們盡興地吃完了這頓晚餐。

「你對戀愛有什麼想法？」

可能早一步吃完後有些無所事事，她忽然拋出這個疑問。

「……妳是不是問錯人啦？雖然自己這麼說有點怪，但不管怎麼看，妳的經驗都比我豐富吧，我比妳更沒資格談論戀愛。」

「嗯——我沒這個意思啦，就只是想問而已。戀愛到底是什麼呢？」

她那雙充滿好奇心的眼眸儼然是鎖定獵物的肉食野獸，根本沒打算放過我。她應該不是想羞辱我，真的是單純基於好奇才問的。

「會覺得心儀的特定對象特別有價值，忍不住想接近的一種心情吧。」

「什麼啊，感覺像照著字典唸出來的答案，你是《廣辭苑》[2]嗎？啊，對了，差不多要進入甲子園的季節了呢。」

「……妳沒打算把一個話題聊完嗎？」

她是不是很喜歡無聊的諧音笑話啊？明明不用做什麼就能讓周遭的人露出笑容，這種刻意搞笑的方式可能不太適合她。

「開玩笑的，比起戀愛，我更沒資格談論棒球。不過，嗯——原來你是這樣解析戀愛的啊，那你的經驗有豐富到可以做出這種分析嗎？」

結果她想問的是這個啊。

「當然沒有。」

「我還以為你不會說得這麼篤定呢，什麼嘛，真沒意思。我們已經是高中生了耶，談個一兩場戀愛很正常吧。」

「那妳呢？」

「唉唷——？開始對我有興趣了嗎？」

我完全只是基於客套才這麼問，她卻露出囂張得意的笑容，拿起甜點湯匙晃呀晃的。我嘆了一口氣，並作勢起身。

「啊，我得打工，差不多該走了。」

「等一下啦，對不起，我太得意忘形了。」

我好像又發明出可以有效對付她的新方法了，以後也看情況好好活用這招吧。

「我也是有談過幾場戀愛的喔！畢竟我桃花很旺嘛，被告白之後也跟對方交往過。但可能是因為這樣，對方馬上就對我沒興趣了。因為我只是被受歡迎的男生告白了，覺得心花怒放才會跟他交往，心中對他只有戀沒有愛。」

「呃，妳在談哲學嗎？」

「不是啊，這是我的經驗談。」

「因為妳開始闡述『戀與愛的不同』，我實在有點跟不上。」

「我哪有說這些啊！我自己也不知道有什麼不同啊。」

她很受男生歡迎、談過戀愛，這我可以理解。她的外表也算甜美，畢竟我在煙火大會時被她深深吸引，因此這一點不容置疑。

所以她現在跟我在一起這件事才令人覺得匪夷所思。

2日本的國語辭典，發音和「甲子園」相近。

「接下來換你，我已經說完了，你也得說點什麼才行。我想更了解你。」

「我從以前就這麼想了，妳為什麼老是想打探我的消息？去了解受歡迎的男生對妳應該更有益吧。」

「那種萬人迷其他人也會對他感興趣啊。這不是重點，我對你還不太了解，所以想知道你的一切。畢竟我覺得你很少跟女生來往，只有我才知道你的魅力，不覺得這樣很棒嗎？」

我心想，原來如此。過去我從來沒被異性這樣說過，根本沒想過這件事，但她這句話卻說服了我。

只有我看過她在觀景窗內的樣子——想到這件事，我就產生了些許的優越感。同理，她這種感覺就是獨占欲，確實很像每件事都任性妄為的她會有的想法。

「我啊……我真的沒談過戀愛。啊，雖然算不上戀愛，但我好像曾經對某個女孩子有過特別的感情。」

雖然是她擅自開啟這個話題，但都已經聽她分享了，若只有我隻字不提也不太公平，所以我決定破例跟她聊聊這件事。

事情發生在爸爸過世前不久，那個女孩是我第一個模特兒，當時是我主動拿起相機攝影的。

「當時我國中一年級，那件事讓我踏上了攝影這條路。」

「哦，我就以你專屬模特兒的身分聽聽看吧。」

或許是因為她露出開心的反應，我才忍不住被她牽著鼻子走吧。今天的我真是反常，有夠多話。

「我媽是護理師，所以我爸經常會造訪醫院，他老是帶著相機，不知不覺就有人請他幫忙拍照。攝影原本只是他的興趣，後來卻演變成類似副業的感覺。某天我在等我媽下班的時候，跟爸爸借了相機來玩。」

「嗯嗯。」

我回想當時的狀況，帶著懷念的心情開口道：

「那時候有個女孩子在醫院的等候區偷偷啜泣，我本來以為一定是不喜歡醫院的小孩子，猛然一看才發現是個女孩，個頭跟我差不多。」

她頓時瞪大雙眼僵在原地。聽到對外界漠不關心的我居然會在意一個哭泣的女孩子，她才這麼訝異吧。

「雖然四下無人，但我也不想讓她繼續哭哭啼啼的，所以馬上就用手裡的相機對準她，看到她流著眼淚拚命擺出姿勢，我覺得實在太詭異，忍不住笑了起來。回過神來，我發現那個女孩也跟著破涕為笑了，雖然眼睛紅腫不堪，她卻仍然努力笑著。那張照片，是我拍的第一張人像照。」

她收起驚訝的表情，開玩笑地說：「居然會去逗笑哭泣的女孩子，以前的你還真行啊！」

記憶中的印象依然歷歷在目，當時那張照片我自然也洗出來保存至今。這件事可說是我的原點，過去我從來沒對其他人提過，連壘也沒有。

「這樣啊。」

「問了之後才知道，她好像是第一次接受大規模的檢查，所以有點害怕。但那個女孩子被叫號去做檢查之前，卻笑著對我說『謝謝』。知道相機能讓人展露笑顏後，我從此就踏上攝影這條路。那個女孩影響我這麼深，我才覺得她在我心中的地位很特別，因為不知道她的姓名和年齡，所以之後我再也沒見過她了。」

說完之後，才發現我一直自顧自地說個不停，實在不像我會做的事。但看她緩緩點頭的模樣，我不禁心想「幸好有說出來」。她一定很擅長傾聽吧，就當作是這樣好了。

「那女孩一定很感謝你。」

「但願如此。」

「之後要讓我看看她的照片喔，那是你拍的第一張照片。」

「有機會的話再說吧。」

我一反常態地多話，她也一反常態地認真聆聽。發現彼此都不太對勁後，我們忍不住笑了起來，也不知是誰先開始的。

這種感覺就像那一天，我跟那位不知其名、成為我第一個模特兒的女孩相視而笑時一樣。

「那我該走了，時間差不多了。」

「嗯，好啊。」

回程路上，我跟她一句話也沒說，沉默始終縈繞在我們之間，我卻不覺得尷尬。

「那我先走了。」

「嗯，拜拜。」

她好像覺得沒聊夠，但還是說了聲「打工應該沒辦法取消吧」才放我離開。如果不是打工，我就會逼你取消，沒得商量——我可以把這句話解讀成這種宣言吧？

「啊，等一下！」

「怎麼了？」

我正準備去打工，她卻忽然拉住我的手。

「轉過來一下下！」

「嗯？」

現場響起了微弱的「啪嚓」聲。

「偶爾入鏡一下也無妨吧？」

「我喜歡拍照，但不喜歡被拍耶。」

她好像用手機拍了一張跟我的合照。

「以後你也乖乖被我拍吧，我還想跟你一起拍照。」

說完，她心滿意足地將拍完照的手機捧在胸前。

她這麼開心地要求我，這應該很難拒絕吧——我雖這麼想，心中卻沒有不快的感覺，真不可思議。

隨後她準備回家，我則走向打工的那間披薩店。

「今天謝謝你——！我玩得很開心！之後我會再打給你，你也好好期待下一次拍攝吧！」

聽到她的呼喚後，我回頭一看，只見她笑容滿面地揮著手。

我發現自己的嘴角也微微上揚，不知是不是被她的表情影響。看來跟她在一起的這段時間，我也覺得很開心啊。

今天打工的時間不長，我以為不會太累，但我一進房間就立刻撲上床。

應該是因為跟她相處太久了吧，體力的消耗速度比平常還快。類似在大太陽下活動會比陰天更容易出汗，搞不好她不像星星，反倒更像太陽。

「對了。」

我從左邊口袋掏出手機，她果然傳了訊息過來。

【今天謝謝你！我玩得超開心，所以想趕快跟你約下一次見面，但我這禮拜平日好像都有事了，所以我想問你禮拜六行不行？雖然我明天就想出去玩啦。】

這則訊息之後，她又把臨別前拍的那張照片傳給我。她露出滿臉笑容，我則是回頭瞬間呆滯的表情。她一定很喜歡這張照片吧，我馬上就能想像出她開心的模樣。

我覺得她好像滿腦子都想著玩樂。明明是她主動提出拍照的要求，但我懷疑她根本把這件事忘得一乾二淨。

而且她指定的週六還是爸爸的忌日，我已經跟媽媽說好了，唯獨這件事不能爽約。

【我也很開心。至於禮拜六那天我有要事，希望能改期。】

【你那天有事喔——！那我們暫時沒辦法私下聊天了耶，好無聊喔——】

她馬上就回覆了。對象是她的話，比起胡亂搪塞，還是實話實說比較快。

【我們的目的本來就不是到處玩，而是拍照。禮拜六是我爸爸的忌日，所以那天我要跟家人一起過，抱歉。】

【啊……原來如此，我才要跟你道歉。我會再跟你約，你就伸長脖子等著吧。晚安！】

她應該也知道自己不太適合這種沉重的話題，才會馬上中止對話。我也回她一句【晚安】。

「好，去洗澡吧。」

看來短時間內，我都不會跟她有約了。

我這麼心想，隔天卻收到一則訊息。

那則訊息發送的時間點，就像看準放學後的時機似的。她今天沒有到校。訊息寫著「去拍照吧」，還指定了地點。我手邊沒有其他事，於是社團活動結束後就動身前往。

「嗨！好久不見。」

「嗯，隔了一天呢。」

她把我叫到一個熱鬧的街區，離高中最近的車站約莫一小時車程。媽媽在這個區域上班，所以我也常來，看來這裡有她想入鏡的地點吧。

「妳今天沒來上學吧？」

「哈哈哈，我好像累積了不少疲勞，整個早上都不太舒服，但現在已經沒事了！精神百倍！」

如她所言，她整個人精神百倍，像平常一樣滿臉笑容，現在也準備拉住我的手。

她穿著黑短褲和白T恤這種樸素的裝扮，但以女生來說她的身高偏高，很適合簡單的服裝。

「我今天想認真拍一拍。」

「……明天好像會下雪，得注意保暖才行。」

「夏天哪會下雪啦！我在跟你談正經事，別嚇成這樣啦。」

「那就注意妳的言行舉止，別讓我有這種感覺。」

我這麼說，並在她的引導下漫步於街頭。

「還有，今天拍完之後，我想馬上洗出來。幾張就好，可以嗎？」

「可以是可以，不過理由是什麼？」

「我想當成護身符。」

「把自己的獨照當護身符？妳也太自戀了吧。」

「不是啦！是跟你的合照。我說過要跟你一起拍照吧？」

她忘了平常那抹笑容，無比真摯地這麼說。

雖然聽不懂護身符是什麼意思，但難得她口氣這麼認真，我只好乖乖答應她的要求。

她的目的地是某個著名的觀光景點，前方有汪洋大海，周遭還有磚造建築櫛比鱗次。現在正是日落時分，海岸線和海面都美不勝收，是個絕佳的攝影景點。

「以妳來說，這個地方選得不錯嘛。」

「對吧？因為是平日，人也不多，正適合拍照。」

「不過，我每次見到妳都是在黃昏耶。」

「那當然，我們是學生耶，放學後見面幾乎都是這個時間嘛。」

「也對。」

而且夕陽還能補強我的人像照技術，雖然不能一直仰賴夕陽的幫助，但我告訴自己「初學期間在所難免」。

「總之先到處看看吧！」

「不是要拍照嗎？」

「要先認識環境啊。」

最後我敗給她的三寸不爛之舌，跟她玩遍了這個觀光景點。建築物中還有土產店及提供輕食的店家，這個時間也有點餓了，我們就邊走邊吃。現在也聽從她的提議，正坐在長椅上休息。

我平常不會做這種事，於是有種單純又理所當然的感覺。

「這樣好像高中生喔。」

「我們本來就是高中生！」

我猜得沒錯，她狠狠地吐槽我一番。
「妳平常會做這些事嗎？」
「會啊，我跟朋友有時間的話都會這樣玩——」
「這樣啊。」
她好像每天都過得很充實，這樣就好。今天沒來上課，她應該無聊到不行吧，說不定就是因為無聊才把我叫出來。
「結果妳只是把我叫出來玩嗎？」
她剛才口氣那麼認真，到頭來還是這樣。她的思考迴路是不是被輸入了「非玩不可」這道程式碼？
「沒有啦，真的要拍照啊！所以才會把你叫出來。」
「那就快點拍。」
我希望在日落前拍攝，才能將她的表情拍清楚一點，於是語帶催促地說。
「說得也是！果然還是想在這個磚造建築前面拍吧。」
「機會難得嘛。」
她移動到能夠以磚造建築為背景的地點。
「啊，去更後面一點吧，我想讓海面跟磚造建築同時入鏡。」
「哦，這主意不錯。」

她馬上就乖乖聽話邁開腳步。若要舉出她的優點，就是這種將思考轉化為行動的速度吧。她能迅速配合我的要求，在攝影方面也相當有幫助。

「就在這附近吧。」

我讓她站在可以完美納入海面和磚造建築的位置，舉起相機先拍一張。

被夕陽染紅的海面，配上讓人聯想到西洋的磚造建築，此情此景美得幾乎讓人忘了這裡是日本。站在畫面正中央的她，存在感絲毫不亞於這幅美景，儼然就是這張照片的主角。

老實說，真的很美，但我當然不會說出口。

「感覺不錯喔。」

「嗯！」

她自己可能也抓到感覺了吧，不像上次那樣羞答答的，充滿了自信。

有過一次拍照經驗後，她就蛻變成不會害羞的完美模特兒了，我自然不能讓她專美於前，得成為配得上她的攝影師才行。我這麼心想，並不停按下快門。

當我沉迷到幾乎忘了時間時，觀景窗內忽然捕捉到除了她以外的人物，還能看到她正往那人走去。

「嗯？」

我放下相機，只見一名老奶奶彎著腰緩緩走過我與她之間，似乎沒發現我們正在拍照。

「奶奶，您還好嗎？」

「啊啊，對不起。」

她輕撫老奶奶的腰部，像是要協助般走在老奶奶身旁。原來如此，先前壘說過她的優點之一，就是看到需要幫助的人無法袖手旁觀的個性。在我看來，這也算是美德一件。

我下意識重新拿起相機，將她的優點以具體形式保存下來。我不禁心想：比起那些美麗絕倫的照片，留存這種具有平凡日常情懷的照片或許更有價值，也覺得這種照片更有她的風格。

「真是的，你們在約會嗎？我這電燈泡。」

「沒有，不是在約會啦，沒關係。」

老奶奶可能留意到我在相機後頭的視線，看了我一眼後，對我露出一抹和藹可親的笑容。

溫柔的時光，在充滿體貼和笑容的空間裡靜靜流淌著。

「奶奶，可以跟您合照嗎？」

我開口詢問後，老奶奶再次笑道：「只要不嫌棄我這老太婆就行。」

「喂，妳也準備一下，一起拍照。」

「咦？我也要嗎？」

「妳這模特兒哪有不入鏡的道理。」

看著我和老奶奶對話的她一臉驚訝，一定是因為我找老奶奶拍照這件事嚇到她了吧，我自己也嚇了一跳。但我就是想把現在這個空間收進照片裡，這也不能怪我。

「來，笑一個。」

我請附近的觀光客幫忙，拍了張我跟她跟老奶奶的三人合照。這可能是我第一次出於單純想留下點什麼的念頭才拍的照片，雖然不是由我親自按下快門就是了。

拍完照後，她原本提議要幫老奶奶把行李搬到目的地，老奶奶卻展現出完全會錯意的體貼，說了聲「不想打擾小倆口約會」就這麼離開了。她還說「謝謝兩位讓我享受這麼快樂的時光」，所以我很慶幸有拍下這張照片。

「她說約會耶，欸嘿嘿，我們看起來像這種關係啊？」

「應該吧，年輕男女走在一起，感覺就像情侶。」

「你好冷淡喔。」

「我只是陳述事實。」

「是也沒錯啦。」

夕陽幾乎完全西沉，四周也越來越暗了。

但入夜之後，磚造建築卻呈現出截然不同的風貌，真不愧是觀光景點。建築被微微的燈光點綴，呈現出非常值得一看的美景。總覺得在下雪的冬季能看到更美麗的模樣。

「剛才你怎麼會主動提議拍照？」

她這麼問道，果然覺得很疑惑吧。

「妳一開始不是說想跟我合照嗎？」

「我有說啊，但我沒想到你真的願意拍，而且我在想，那個瞬間你是不是有想拍下什麼的理由。」

「啊啊，妳要問的是這個啊。我覺得妳對剛才那個老奶奶細心關照的氛圍很棒，所以說什麼都想拍下來，就只是這樣而已。」

只見她點點頭，彷彿同意我的說詞。

「雖然我對攝影一竅不通，但你一定很適合拍人像照。」

她道出這句相當純粹的讚美。

「是嗎？」

「嗯。你會因為很想拍下某個瞬間就立刻拿起相機，這樣的人一定很適合拍人像照，我可以幫你掛保證！」

她笑著這麼說。

對興趣是攝影的人來說，這句話的意義更勝於攝影大師的建言。過去我對攝影最在乎的是拍出「廣受大眾喜愛的美麗照片」，這個信念或許沒錯，但她這句話卻重要得多。

相機就是為了收藏想拍攝的瞬間而誕生的產物，她讓我回想起這個雖然基本卻絕對不能忘記的重要初衷。

「說得真好。」

「哼哼，是不是！我就是因為想看星星才會去觀測啊，所以知道這種渴望一定非常重要。」

「是啊，妳說得沒錯。」

我老實地點點頭。雖然她的個性跟我南轅北轍，但或許正因為如此，她才能看到我的盲點。

「所以往後也請你多多關照囉，攝影師！」

「彼此彼此。」

或許我跟她的關係，從這一刻起才算是真正的開始。

在那之後，由於天色昏暗不好拍照，本日攝影便告一段落。我依照她一開始的要求，到附近的超商將照片印出來給她。

「喏，拿去。雖然不知道妳要用來當什麼護身符。」

「謝謝，這樣我就能繼續努力了。」

我還是不知道她要努力什麼，但能幫上她的忙就好。

「差不多該回去了。」

我覺得這個時間點剛好適合解散，便開口說道，結果她露出有些落寞的表情，點點頭說了聲「也對」。活力十足的她可能不喜歡分離的場面，所以才流露出「哀」的那一面，這是她過去幾乎沒表現出來的第四種感情。

我想將這個表情收進照片中，於是不假思索拿起相機，她卻早一步邁開步伐，讓我無法如願。

「我要去接我媽下班再回家，她剛好在這附近上班。」

「是嗎？我知道了，那就在這裡分開吧。」

我們揮揮手就地解散，看著她走向車站的小小背影離去後，我便前往醫院接媽媽下班。

到櫃檯詢問媽媽的狀況後，櫃檯人員告訴我：她馬上就下班了，再稍等一會兒。

我在並排於櫃檯前的長椅上等候，沒過多久媽媽就出現了。

「真難得，輝彥居然會來接我，今天吹的是什麼風呀？」

「我碰巧在這附近辦事，想說順便過來。」

「哦——反正媽媽只是順便嘛——」

「別鬧彆扭啦。」

「呵呵，開玩笑的，看你過來我很開心唷。謝謝你，輝彥。」

看到媽媽下班後疲憊不堪，卻露出溫柔笑容的模樣，我覺得偶爾這樣也不錯。

「咦？」

這時，我的視線中出現了意想不到的人影。

那人一身黑色短褲和白色T恤的樸素裝扮，我沒看到臉所以無法斷定，但這跟我剛才透過觀景窗看過無數次的打扮太像了，長度修剪齊肩的黑髮和以異性來說相對高挑的身材，也讓我覺得眼熟。

「怎麼了？」

見我僵在原地，媽媽喊了我一聲，讓我回過神來。

「不，沒事。」

她之前就說過身體不舒服，說不定是跟我到處閒逛的時候症狀復發了。

我心想「下次見面時再問她就好」，便跟媽媽踏上歸途。

隔天她沒有到校。雖然她昨天也沒來，但總之她今天也不在學校，果然是昨天拍照讓她病情惡化了嗎？

平常教室裡總能聽見她的笑聲，光是少了這個要素，好像就馬上靜了下來。安靜的教室本該是我夢寐以求的環境，但不知為何，我卻比平常還要躁動。

既然她臥病在床，一定閒得發慌吧，那她應該會打給我。我雖一直這麼想，最後她還是沒打來。

經過少了她的三天後，時間來到星期六。今天是爸爸的忌日，但媽媽似乎沒辦法悠閒自在地度過這一天。

「啊，早啊輝彥。抱歉，我忽然被醫院叫過去，要出去一下喔。」

媽媽從一早就忙得不可開交，從事人命關天的工作，這種情形也算是常態。

我一方面心想「今天是爸爸的忌日耶」，另一方面卻也覺得這份工作很了不起。

「知道了，路上小心，我會做好飯等妳回來。」

「謝謝，有個能幹的兒子真幸福。」

「好了好了，快點出門吧。」

我像是在身後推一把似地目送媽媽離開。既然被緊急呼叫，應該是患者出事了吧，明明應該是十萬火急的事，媽媽卻始終帶著笑容。

「媽，早啊。」

我這麼不擅長笑的人，怎麼身邊都是隨意就能笑出來的人呢？

媽媽會把顯而易見的感情寫在臉上，哭的時候也是這樣，所以跟她應該是同類人。看到她們都能做到這一點，或許我內心某處也藏著一絲憧憬。

「好，去買菜做飯吧。」

我在只剩我一人的客廳裡獨自宣布。至少要在媽媽回家時準備好飯菜等她，代替一句溫暖的「歡迎回來」。

……話雖如此，結果我沒有花太多時間做飯，沒能好好消化剩餘的大把時間。

由於先前和她一起用餐的經驗讓我深受感動，我在反覆嘗試之下做了漢堡排。我改變以往的調味方式，調查容易煎熟的肉排厚度，還做了各種形狀。此外，為了讓媽媽回到家就能吃到剛煎好的漢堡排，我還把漢堡排做到再煎一下就能上桌的狀態。

沒事可做後，我姑且先倒回床上。

「總覺得……」

今天真是寧靜和平的一天，跟我以往的日常生活沒什麼兩樣。平常我會玩玩相機或看點書，隨意打發時間，但我現在卻無心去做。

「唉……」

我嘆了口氣，還確認了一下這是今天的第幾次。

我看向左手拿著的手機，忍不住反覆確認她有沒有傳訊息過來。畢竟我沒有聯繫她，枯等訊息也是浪費時間，卻還是莫名地在意。

為什麼這個禮拜她都沒有來學校呢？

她現在在做什麼？

我怎麼會這麼在意她？

如果今天是一般假日，不是爸爸的忌日，我跟她就會約出來見面。我忍不住想起這位同班同學。

「綾部香織，織女、星……」

她曾把自己形容成織女星，那是在夏日夜空中光彩奪目的一等星。依照過去在天文館得到的知識，我來到房外的小陽台，從白日的天空中試圖尋找織女星，卻完全看不到星星。於此同時，也完全沒有她會傳訊息來的感覺。

我現在時間很多，無奈之下，決定開始搜尋織女星，藉此打發時間。

回過神來，我發現自己睡著了，窗外灑入的陽光已染上了溫暖的橙黃色。

一樓客廳傳來細微的電視聲響。

「糟糕。」

不小心睡著了，本來想配合媽媽回家的時間做完晚飯的。

「早啊，輝彥。」

我急忙跑向客廳，看見媽媽在廚房裡拿著平底鍋，可能是不久前回來的吧。看她的樣子，患者應該沒什麼大礙。

「媽，抱歉，這裡交給我吧，妳先去洗澡。」

「沒關係，我肚子餓了，想先吃飯。」

「總之換我來做，媽先去客廳休息稍等一下。」

「好啦。」

媽媽乖乖地到客廳沙發休息，開始看起之前播過的抗病紀實節目續集。

「不過還真難得，你居然做了漢堡排。」

「因為前陣子吃了覺得很好吃，而且爸也喜歡。」

「嗯……爸爸很喜歡漢堡排呢……不過，這樣啊，哦——是跟女朋友去吃的嗎？」

話題提到爸爸之後，本該變得多愁善感的媽媽卻神情驟變，開始調侃我。這應該是媽媽的體貼方式吧。

「少囉嗦，不是啦。」

「呵呵，但看樣子也不像是跟壘去的啊，果然是女孩子吧。」

「妳真的很囉嗦耶。」

她已經發現了。媽媽的個性跟那個聒噪的同學在某些部分上很相似，可能正因為有這種媽媽，我才能和她進一步交流，跟她聊天時也才會有種似曾相識的感覺，這樣就可以理解為什麼我一開始就能不假思索地跟她對話了。

「對了，患者狀況還好嗎？」

「啊──嗯，不知道算不算好，但沒有生命危險。」

「是嗎？那就好。」

「是啊，但看到年輕人生病，還是會特別感傷。」

紀實節目中的重病患者年紀似乎比我還小。我明明也可能身患重病，看這種紀實節目卻總有事不關己的感覺，同時也覺得津津有味吃著漢堡排的她跟這種世界無緣。這時，母親看著電視畫面嘆了一口氣。

「那孩子很會逞強，所以才讓人擔心……最近香織好像太拚了點，不知道要不要緊……」

──香織。

我清楚聽見媽媽說的這句話。不對，沒聽清楚可能比較好。

「……香織是誰？」

我下意識這麼問，心跳也隨即加速。

「咦？我講出名字了嗎？當作沒聽到吧。」

「我在問妳香織是誰！」

我被自己粗暴的嗓音嚇了一跳，但在這個時間點聽到跟她相同的名字，更讓我心慌不已。

「輝彥……？」

有股不祥的預感。

跟她共度的那些時光忽然重返腦海。

去天文館、上街購物、替她拍照。

每一幕都被笑容點綴得五彩繽紛。

不可以，絕對不行。

我的眼神轉向電視，螢幕中那個病榻上的女孩子，怎麼可能跟她一樣呢？

太不真實了。

名字叫「香織」的人到處都是，但我依然不希望有這萬分之一的可能性。

總是笑臉迎人的她不可能生病。

但我冷靜分析後，心中警鈴大作。

在那場煙火大會中，她仰望煙火時的側臉帶著一絲淒楚。

討厭說再見的那種哀傷表情。

仔細想想，雖然都是她帶著我到處跑，但每次提議要休息的也是她。在課堂上呼呼大睡也是，她可能是在下課就筋疲力盡了，平常凶巴巴的老師或許也知情，才只對她打瞌睡這件事睜一隻眼閉一隻眼。

而且她這個禮拜都沒到校，還想把照片當成護身符。

如果將這些日常瑣事安上「因為她生病了」這個前提，一切似乎就說得通了。

最重要的是前陣子拍完照之後，我在醫院等媽媽下班時看到跟她極度相似的背影，如果真的是我想像中的那個人……

「媽，把她的名字告訴我。」

希望媽媽說的是另一個名字。

我真心希望不是。

我不想思考這種事。

不想耳聞。

也不想知道。

但我非知道不可。

我努力壓制想摀住耳朵的手，等待媽媽的回答。

「……綾部香織。」

面有難色的媽媽低聲說出這麼一句話。剛才一直瘋狂亂跳的心臟，彷彿靜止了片刻。

「……！」

我不想相信，真的打從心底不想相信。

她是我的模特兒，我是她的攝影師，我好不容易才有了這份自覺，能提起勇氣拿起相機了。

是聽了她的建議，我才終於明白自己該拍出什麼樣的照片。

還慢慢開始覺得跟她一起度過的時光非常快樂。

我真的，不想相信。

但現實依舊殘酷。

好像有股沉重的壓力直接壓在內心最深處，要我接受這個事實。

「……她是什麼病？」

「不能跟任何人透露患者的隱私，就算是兒子也不行。」

但媽媽說話時的苦澀神情，表明她罹患的絕非輕症。

我放下手邊的烹飪工作，從客廳跑了出去。

我什麼也不想思考，但每當我想放空思緒時，腦海中就會浮現出她的笑容，將我拉回現實。

當我結束就寢前的準備躺在床上時，我發現她終於傳訊息過來了，是我等了一整天的訊息。

【哈囉——！你在等我的訊息嗎？有嗎？我猜你差不多該想我了，才會試著傳訊息給你——你今天是跟家人一起過吧？是個美好的一天嗎？拜你所賜，我可是閒得要死，你要好好補償我喔！】

我沒辦法回覆。

我不知道該回什麼內容，而且她雖然傳了這麼「日常」的訊息給我，今天卻是在接受治療。思及此，我就更沒辦法接受現實。

過去爸爸曾被病患和家屬要求幫忙拍照，其中應該也有罹患重病或自知大限將至的人，但在爸爸的鏡頭下，每個人都笑得好開心。爸爸為什麼可以在病房裡按下快門呢？我覺得我辦不到。

明明跟爸爸用著同一台相機，我卻完全無法理解。

以後我要怎麼面對她？

我要用什麼方法替她拍照？

說到底，我要把她的什麼樣貌拍下來才好？

即便我努力思考，還是理不出半點頭緒。

第三章

我到校時，她已經坐在座位上稀鬆平常地跟周遭的朋友聊天了。開心談笑的她，在我眼中卻跟過去有很大的差距。她一看到我，就筆直朝我走來。

「天野同學，方便談談嗎？」

由於單方面知道了她的秘密，我最不想看到的人就是她，她卻完全沒意識到我的心情。這種一如往常的模樣，看起來特別令人難受。

我被她帶到空無一人的教室，只剩我們單獨相處。雖然不清楚細節如何，但她的病嚴重到讓媽媽露出那種苦澀的表情，想到這裡，我就不知道該說什麼了。

「昨天為什麼沒回我訊息？」

「抱歉……」

「討厭，我等很久耶——」

她就跟平常沒什麼兩樣，我甚至覺得，把昨天從媽媽那裡聽來的消息當成一場夢還比較自然。

「我問妳，妳為什麼無時無刻都在笑？」

得知她生病之後，我現在已經搞不懂她為什麼整天都能這樣笑嘻嘻的。

「因為我無時無刻都很開心啊——」

說了「很開心」的她，彷彿真的很開心似地笑了起來，一副理所當然的樣子。

她生病這件事，難道真的只是誤會一場嗎？我盡量裝得若無其事，用最明朗的語氣問她：

「妳的病還好嗎？」

我希望她能用「這什麼問題啊」這種否定句回答我，但她笑容依舊，有些困擾地說：

「……啊——你知道啦？」

她還是帶著微笑。不對，那種僵硬又不自然的表情稱得上是微笑嗎？

「還好還好，別擔心。」

「真的嗎？」

「……要開始上課了，放學後來頂樓一趟吧。今天別去社團了，我想跟你好好談一談！」

她這麼說道，還是平常無憂無慮的樣子。

我一整天的思緒都繫在她身上。見面時我該說什麼才好？她又要跟我談些什麼？這些無解的疑問在我腦海中不停打轉，回過神來才發現打鐘了，鐘聲提醒我一天的課程到此結束。

我依照她的指示，拖著沉重的步伐走上頂樓。來到最高樓層後，我打開學校規定禁止進入的頂樓大門。

她跟平常一樣在這裡仰望天空，夕陽映照在她身後，讓我想起第一次被她叫來那天。

但我之所以會覺得那是很久以前的事，是因為我跟她的關係與當時已大不相同了吧。可能因為我無意間得知了她的重大秘密，對她的理解也越來越深。

「今天的星星看起來也在笑嗎？」

「沒有，今天好像有點悲傷，感覺無精打采。」

「這樣啊。」

我們說了些不著邊際的話。此刻的我們都是演技奇差的爛演員，還試圖演出平常的模樣。

「妳要跟我說什麼……？」

「當然是生病的事。」

待會兒要談的話題，跟以往那種輕快的談話完全不一樣。

「我想讓你知道我的一切，希望你能聽一聽。」
我沒辦法立刻給她答案。她等等要說的一定是我不想聽的事，也不是我該聽的事。
可是……
「好，我會聽。」
沉默許久後，我這麼回答。
我雖然不想聽，卻也不得不聽。我已經觸碰到她的禁忌，所以有義務聽她說。無論聽或不聽，我都一定會後悔。於是我對自己說：現在就學學她的座右銘，與其不做而反悔，不如做了再後悔。
我的回覆讓她有些訝異，但她立刻切換表情。
「謝謝。」
隔了一會兒，她態度平靜地娓娓道來。
「我生病了。簡單來說，是血液方面的病。」
從她口中說出的這些話，跟她本人實在太不相符，所以我依然不敢相信。不對，我應該是不想相信吧。
「我的血液不肯認真工作。」
「……」

「必須移植骨髓才行。」

然而，聽到這句不像她會說出口的話，我只能選擇相信。

「但醫生說一直找不到適合我的骨髓，再這樣下去恐怕時日無多。」

我感受到宛如心臟被貫穿的巨大衝擊。

「時日無多」，這就是她的現實。

這是我最不願去思考的可能。雖然從媽媽的表情就能猜出一二，但最讓我難過的是，她的病情並沒有好轉。

「妳總是頂著一張笑臉讓我傷透腦筋，結果妳竟然……」

「無法置信嗎？但這就是真正的我。」

她爽快地這麼說道，彷彿在告訴我她所說的句句屬實，要我接受。

隨後，她語氣平靜地繼續訴說。

某天她受了點小傷，卻莫名血流不止。

所以才發現了這個病症。

之後她就常跑醫院，也時常請假沒來上課。

知道自己沒剩多少時間，才決定放任自我。

「我接受了自己的病，也決定要隨心所欲活到最後一刻。」

「所以妳才說要全力活在當下……」

「對啊，我想在死之前做點什麼，才會不顧他人的困擾，全心全意往前衝。」

「這樣啊。」

她說話的聲調並不沉重，看來是真的接受了自己的命運。

跟我同年的女孩子居然看破了生死，這個事實太令人悲傷了。

她又說了一句「然後啊」，語氣非但不沉重，還充滿了愉悅的跳躍感。

「我在這個時候遇見了你！」

「咦……？」

她的聲音、手指和視線都指向我，所以我不禁訝異。

「你還記得嗎？下雨天的煙火大會，你對我舉起相機的那一刻。」

我當然記得，至今也仍歷歷在目。要說我是因為想拍下那個瞬間，才答應當她的攝影師也不為過。

「當時的你真的好厲害，認真盯著相機的模樣非常帥氣，在我眼中無比耀眼！於是我開始好奇，這麼認真的你到底在相機裡看到了什麼，又能看到什麼樣的世界？結果回過神來，我已經去找你搭話了。」

與其說是搭話，可能比較像威脅就是了——她神情有些愧疚地這麼說。

「所以我才找你當攝影師，這就是非你不可的原因。畢竟你之前說過『還有很多比我更合適的人選』嘛。」

原來她是這麼想的，我難掩驚訝。

所以，我也把當時的想法說出口：

「那時候我實在太想拍妳了，才會接受妳提出的攝影師邀約。這次我一定要拍出妳當天的模樣。」

我又說了聲「可是」。

這或許是我第一次在跟她聊天時轉移話題。

「我沒辦法拍攝妳的病容。」

「嗯。」

她勾起一抹淡淡的笑容，點點頭。

「對不起。」

「沒關係。」

她點點頭，彷彿明白了一切。

我實在沒有勇氣幫生病的人拍照。

她也沒有責怪這樣軟弱的我。

我想起答應病患的要求，不停為他們拍照的爸爸。

去見爸爸最後一面時，他把慣用的那台相機給了我，還說「媽媽可能會反對，但我相信輝彥一定能拍出最棒的照片」。

現在已經沒辦法得知爸爸說的「最棒的照片」是什麼意思，但我還是想找到答案，才會懷著這股執念拍到現在。

以她為模特兒的那些照片，基本上也都帶有這份心情。

過去的我一直在追尋「最棒的照片」，而她將部分的定義告訴了我。

爸爸曾經說過，讓被攝者在相機前展露笑容不是件容易的事，但由於她無時無刻都笑嘻嘻的，所以我從來沒有因為這件事苦惱過。可是，我搞錯了最根本的問題。

爸爸拍照從來不是為了留住笑容，一定是為了讓人們歡笑才會拍照。對爸爸來說，相機是讓人露出笑容的唯一方法。

就像我對當時那個讓我踏上攝影之路的女孩子做的一樣，拿起相機，讓人們露出笑容——這一定是爸爸想表達的意思。

我在跟她相處的過程中學到了這件事。她之前說的「想拍照的瞬間」，一定是這個意思吧。

我要拍的不是強掩在病容之上的笑容，而是她面對鏡頭時發自內心歡笑的照片。身為她的攝影師，這就是我的義務。

她已經接受了自己的病情，才會露出現在的笑容。所以我要拍的不是這個，而是發自內心的笑意。

爸爸一直用這台相機在做這件事。

我辦得到嗎？

雖然沒什麼自信，但我不想放棄。

「輝彥，發生什麼事了？」

隔天放學後，我正準備參加社團活動時，忽然被壘這麼問。

「什麼？這話什麼意思？」

「昨天放學的時候，綾部一個人在哭耶。」

「……」

今天的她跟朋友們談笑風生，看起來相當正常，一如往昔，或許也可以說就和前陣子的狀態差不多。

「我正好在教室裡遇到她，雖然她沒告訴我為什麼在哭，但輝彥你應該知道些什麼吧？」

「這……」

「不管理由是什麼，讓女人掉眼淚的男人就是爛。輝彥，這個道理你應該也懂吧。」

「……」

「那你就該想想什麼是你真正該做的事。重點有三個：你對她是怎麼想的、你希望她是怎麼看你的，以及該怎麼做才能讓她有這種想法。這三件事絕對不准妥協。」

「……這對我來說太難了。」

「是嗎？那我示範給你看。結業典禮那天放學後，給我留在教室裡別走。」

壘只拋下這句話就離開教室了。

我到底想做什麼？又希望她怎麼看我呢？

這些問題比英文文法和數學公式難多了。

為了找出這個答案，我給自己設下的緩衝時間是壘指定日期的前三天，我連最不擅長的數學問題都沒有煩惱到三天這麼久，但我確實正面臨著史上最大的難題。

「香織問了我一大堆事。」

媽媽神情嚴肅地對我說道，她的口氣從沒這麼認真過。

「你在幫香織拍照吧？既然你之前不知道她生病，我也無話可說，但是輝彥，你正在做跟爸爸一樣的事情喔。」

「嗯，我知道。」

「站在媽媽的立場，我不能讓你繼續拍下去了，我不想連輝彥都失去。」

「嗯……」

媽媽當然會擔心。畢竟爸爸就是總在生死交關的地方拍照，心靈才會生病，最後甚至因為精神耗弱而病倒過世。

現在我拿在手上的相機，可以說是爸爸的直接死因，所以媽媽才會討厭相機，也不贊同我的行為。

「可是，站在那個人的妻子或是你母親的立場，我也希望你不要後悔。」

媽媽從來沒要求我放棄攝影，支持我繼續拿起相機的人也是她。

「我一直看著你爸爸，知道那個人拍照時抱持著什麼樣的心情。我打從心底敬佩他的精神，也明白他的覺悟，忍不住重新愛上了他。明明一開始是你爸爸先追我的，回過神來才發現我比較愛他。」

她跟平常一樣，收起少有的嚴肅神情，接著又笑著聊起他們的戀愛史。

「總之，既然兒子要繼承令我尊敬的丈夫的志願，身為母親，哪裡還有比這更開心的事呢？」

「這樣啊。」

總覺得乖乖道謝有點丟臉，我冷冷地回了這麼一句，但媽媽說的每句話都在背後推了我一把。

或許爸爸就是遇見了像這樣推著自己前進的人，才能繼續堅持攝影這條路吧。

「輝彥，香織一定在等你。」

「等我？」

「香織跟我提到你的時候哭了起來，『天野同學』這四個字說了好幾次。就算要吃一大堆藥，準備進行痛苦的治療，甚至被醫生告知時日無多的時候，香織都沒有哭過，提到你的時候居然哭了。我第一次看到香織哭成那樣，讓她傷心難過的人一定是你。」

「……」

是我害她掉眼淚。壘也這樣跟我說過。

「把女孩子惹哭的話，男生就得好好彌補才行。爸爸在這方面就做得很好，非常帥氣呢。」

「別把我跟爸相提並論。」

被拿來跟偉大又令人嚮往的爸爸相比，對我來說負擔太重了。

「而且我認為，哪怕你一開始就知道香織生病，你還是會替她拍照。」

「這……」

我無法否認。答應當她的攝影師這件事是我自己的決定，我不想放棄，而且她已經教會我什麼才是「最棒的照片」，我想試著拍拍看。

「爸爸之所以幫患者拍照，是為了讓他們露出笑容。就算被生病而不自由的生活所困，爸爸還是希望他們笑一個，所以才會替他們拍照。」

媽媽露出略顯哀愁的表情說起過往。

「每位患者都說『要上相的話就得有精神一點』，之後病況也逐漸好轉，有人還活得比醫生預估的時間還久。現在我覺得，是爸爸的照片帶給患者生存的希望，這一點讓我非常自豪。」

生存的希望。原來爸爸在拍照時帶給患者的，竟是如此宏大的信念。過去我一直覺得他很偉大，卻沒料到竟然偉大至此。

我也做得到嗎？我也能給她生存的希望嗎？

跟爸爸相比，我依然是微不足道的小攝影師，也知道自己有多少能耐。

可是。

可是，如果我能為她做點什麼。

如果能拍出她心目中最棒的照片——

「媽，謝謝妳。」

「沒什麼，別客氣。」

人果然還是贏不過父母。

我心中已經浮現出答案了。或許我早已做出了決定，只是一直埋藏心底，但明白這是我自己的決定後，沉重不堪的胸口忽然覺得如釋重負。

這就是覺悟，總是處於被動模式的我耗盡全力得到的覺悟——

除了無聊還是無聊的結業典禮閉幕，班會也告一段落後，我們中午前就能回家了。同學們紛紛踏著輕快的腳步離開教室，而我獨自待在座位上盯著時鐘看。

壘叫我留在教室，此刻卻不見人影，我不知該如何是好，只好邊看書邊等他。

我沉浸在書本中幾乎忘了時間，看了大概一半的篇幅後，周遭的聲響終於讓我將視線移開書本。或許是因為跟這陣子常聽見的她的聲音很像，我才忍不住有所反應。

「怎麼，你要跟我說什麼？」

但她的聲線少了我熟知的純真，給人一種濃厚的警戒感。

聲音是從教室門另一頭，也就是走廊方向傳來的。

「綾部，妳有喜歡的人嗎？」

緊接在她的聲音後出現的，也是我十分熟悉的嗓音。

……壘把我叫到這裡，卻在跟她說話。

壘很有異性緣，我這個跟他相處多年的童年玩伴當然明白這一點。其實他說話的內容很有深度，我也在他的幫忙下接受了父親離世的事實。不論是為人處事還是男子氣概，壘自然都備受尊崇。

「幹嘛問這種事？」

「我要說很重要的事，所以想先問清楚。」

「……沒有。」

「是嗎？」

但我從沒聽壘親口說過戀愛方面的話題。不僅如此，諸如喜歡的偶像、女演員、男高中生常說的下流話等等，我也從沒聽他說過。沒想到這樣的壘居然會主動提起這個話題，讓我嚇了一跳。

「你到底要說什麼？」

「……啊啊。」

氣氛十分緊張，連我都覺得緊迫逼人。

平常冷靜沉著的壘，聲音略顯嘶啞，說起話來也結結巴巴的。

壘會如此失常，想必是緊張所致。這種感情一點也不適合他，但一定有某種原因讓他緊張至此。

我想起壘曾經用「有趣」這個詞形容她，當時我也察覺到壘對她抱持的心情。

「綾部，我喜歡妳，是對異性的那種喜歡。所以……請妳跟我交往。」

「……」

我為之屏息，聽到這句話的她或許也做出了同樣的反應。

剛才看的小說中也有類似的場面——一名男性對心儀女性求愛。

隔著一面牆的另一邊，應該正在上演宛如從部分劇情中躍然而出的情節吧。

儘管現實比小說更離奇，但比起小說主角那種不惜豁出一切全心奉獻的求愛方式，我覺得壘這段簡短的求愛告白更為浪漫，也帥氣多了。

但此處依舊是現實，她給出了毫不留情的回答。

「……對不起。」

我覺得壘的告白若被一個女人拒絕，應該會讓一百個女人笑出來，但不幸的是，她似乎是唯一會拒絕的那個人。正當我事不關己地如此分析時，兩人的對話竟往我意想不到的方向發展。

「我想也是。」

「對不起。有田同學，我知道你很好，非常紳士也很受歡迎，但我沒辦法回應你的心意。」

「……因為有輝彥在嗎？」

我忽然有種心跳飆升的感覺。

為什麼提到我的名字……？

「這……」

「畢竟輝彥這傢伙還不錯。乍看之下，他跟妳可能沒那麼適合，但妳跟輝彥一定會很順利。跟他在一起很開心吧？」

「當然！……不對，我跟他不是那種關係。先不說我的感受，他應該對我沒感覺吧。」

「這也說不準啊。」

「只是我想跟他在一起而已……」

「好像是這樣喔，輝彥。」

壘這麼說，並用力打開教室門。

「咦……？」

「咦……？」

教室門被打開後，我就被她發現了。

我雖然有很多話想對她說，但在毫無預警的狀態下面對面，我忽然不知該擺出什麼表情，而且無言以對。畢竟我跟她已經在頂樓徹底劃清過往的關係了。

她驚訝地看著我，但隨著時間流逝，她的臉頰漸漸泛起紅暈，明顯到從遠處都能看得一清二楚。

「我輸了，輸得一敗塗地。輝彥，再來就看你的表現了。」

「壘，你就為了這個叫我留在這裡……？」

他對我眨眨眼，真是個徹頭徹尾的耍帥男。

「但我也是真心的。我對其他女人毫無興趣，從入學典禮那天就一直在暗戀綾部。所以輝彥，留點機會給我吧，我會馬上把她搶過來。」

說完，壘就轉過身去。

「壘，等一下！」

「啊——我不聽，誰想聽勝利者胡說八道啊。你就閉上嘴巴，做好現在該做的事吧。」

壘真的就這麼走下樓梯回家去了，彷彿完成一件任務似的。

結果只剩我跟她被留在原地。下午時分，學校裡的照明幾乎都沒開，只有外頭灑下的陽光照亮了室內。

她低著頭，忸忸怩怩地搗著手。

我拚命思考該說什麼，腦子卻一片空白，我的字典裡沒有任何詞彙可以準確對應現在這種狀況。

四周安靜到連水龍頭滴下的水聲都清晰可聞。隨後，她打破了沉默。

「糟、糟糕，被丟包了耶。」

「是啊。」

「他還真大膽。我一直覺得他很冷靜，所以嚇了一跳呢。」

「我也嚇到了。」

其實我也是第一次看到壘這麼衝動的樣子。

「那我們也回家吧！難得這麼早放學！」

她努力用開朗的語氣這麼說，果然想裝得跟平常一樣。

「不，等一下，我也有話要跟妳說。」

媽媽在身後推了我一把，壘也為我布局到這個地步，我早就失去逃避的機會了。不論是要報答兩位的恩情，還是不讓我的決心化為泡影，我都得正視她才行。

「咦、咦——？你也要跟我告白嗎？啊哈哈哈。」

「嗯，應該算得上是告白吧。」

「……咦？」

「我決定了。」

「……什麼？」

「我要繼續幫妳拍照。」

沒想到下定決心後，就能輕而易舉說出這句話了。

「啊哈哈，怎麼回事？你不是說不想拍病人嗎？」

「妳讓我意識到許多層面的問題，也是妳教會了我拍照的意義。」

我繼續說道：

「而且，我想拍出最棒的照片。我想拍的不是妳接受病情強顏歡笑的模樣，而是妳發自內心笑著的照片。」

「這……」

「妳不願意嗎？」

她顯得有些猶豫。

「……你真的知道幫我拍照代表什麼嗎？」

「我知道。」

她想說的應該是「我已經沒有未來了，替我拍照最後也只會徒增傷悲」吧，但我不在乎，我的決心已經堅定到可以如此灑脫了。

「那為什麼……」

「我爸也做過一樣的事，所以妳可以放心交給我。」

「不，我不是這個意思。我想問你的心情。」

「我想拍妳。」

「……」

「我可能是從煙火大會那天起就有這個念頭了，我想拍妳，想用這雙手將妳的笑容和喜怒哀樂全部留下來。我之所以會這麼想，是因為跟妳在一起的時光非常快樂。」

我終於發現了「快樂」這種情感。對鮮少與人接觸的我來說，這種情緒相對缺乏，但我從與她的關係中，第一次切身體會到這種感覺。

我會等她的訊息，沒見面時會覺得空虛乏味，這都是遇見她之後有所改變的證明。

現在，我就只想親手為她拍照。

「我要拍妳。哪怕是再有名的模特兒、再漂亮的女演員，我都覺得妳是最耀眼的，我就想拍這樣的妳。」

這就是我此刻的心情。

「我哪有這麼耀眼啊，也不是這麼厲害的人。」

「不，妳很耀眼。妳不是在夏日夜空中閃閃發光的織女星嗎？」

「……對啊，我是織女星嘛。」

「沒錯。」

不知是做了什麼決定，還是看透了什麼，她困惑的神情又變成平常那個笑容，讓我不禁懷疑她的表情是不是可以說換就換。

一定很少人知道那張笑容背後藏了什麼吧，我也完全不清楚，只知道病魔棲息在她體內，正緩緩侵蝕她的性命。未來我就要替這樣的女孩子拍照。

我終於能面對病魔纏身的她了。因為她總是將事情藏在笑容裡和心底，我得以更堅強的意志來面對她才行。

「那我再次任命你當我的攝影師！」

「榮幸之至。」

她洋洋得意地點點頭，卻又在轉眼間收起這副表情，用少見的嚴肅神情對我說：

「但要拍我的話有三個條件，如果你不能接受，就真的沒轍了。」

「條件？可以啊，妳說說看。」

我心想「什麼條件啊」，毫無防備地問道。

「第一，知道我生病的人不多，至少沒有其他學生知道，所以你一定要保密。」

「嗯，那當然，我沒理由外傳，也沒人可說。」

「也不能跟壘同學說。你只能跟智子小姐談我的事。」

我的母親是負責照顧她的護理師。原來如此，我能商量的人似乎也只有媽媽了。

「知道了，我只會跟媽談。第二個條件呢？」

「嗯，第二個條件是，如果我死了，希望你不要太悲傷，當然也不准哭。如果要被你哀悼，我倒希望你把死去的我忘了。」

她毫不猶豫地如此斷言，讓人感受到她堅強的意志力。

「……為什麼？」

這不太像大多數看破死亡的人會有的想法。一般來說都會更希望大家別忘了自己，或是想繼續活在大家心中吧？至少換作是我，就不會說出這種話。

「不是常聽人說『要繼續活在他人心中』嗎？我不喜歡這樣。我希望大家像我一樣笑口常開，所以不想讓你們為我哀悼。只有生養我的父母親可以掉眼淚，我也跟哥哥說過不准哭。」

「確實很像妳會做的事。知道了，我會妥善處理。」

我了然於心地點點頭。

她是個將歡笑貫徹到底的人，一定也希望周遭的人能展露笑容吧。

「嗯，謝謝你。而且像你這種沒什麼主見跟個人意志的人，要是我繼續活在你心中，應該會給你添麻煩吧。」

「這倒是。妳的自我主張這麼強烈，如果妳繼續活在我心裡，感覺身體會被妳搶走。妳死了之後，我可能要先去驅邪一下。」

「啊哈哈哈，這主意不錯，就這麼辦！」

看她還能像這樣跟我聊天，其實我很開心。

同時我也心想：又有機會可以拍她了，決定將心思都集中在照片上。

「最後的第三個條件呢？」

「啊，對喔。第三個條件是開給你的。」

「開給我的？什麼意思？」

「剛才說的那兩個條件，我都有對知道我生病的人說，但第三個條件只告訴你一個人。」

「那是……？」

「呵呵。」

當她露出不同以往那種誇張笑容的輕笑時，我不禁有種「啊，這條件應該不要聽比較好」的感覺。

只見她揚起一抹討人厭的笑容，感覺都能聽到「嘻嘻嘻」的狀聲詞了。

「你不能愛上我喔。」

感覺既像在測試我，又像在挖洞給我跳。

「我從以前就這麼覺得了，妳……」

「不是！我只是有點自我意識過高而已！自我意識雖然很強，但還不到過剩的程度！至少我不認為你真的會愛上我！」

她說得飛快，像在找藉口開脫。

「這句話只是特別提醒啦。如果你愛上我，一定會難過得不得了，所以絕對不行。我跟你的關係只能是模特兒跟攝影師。」

她的語氣非常認真篤定，看起來一點也不像是在調侃我。

「我知道妳有點自我意識過剩，但是別擔心，我跟妳的關係就是攝影師跟模特兒，僅止於此。」

我答應這個條件後，她鬆了一口氣，還跟我道謝。

總是笑口常開的她，原來這麼不希望大家因為她離開而傷心難過。我再次體會到她的本性。

「那今天就解散吧！其實我得趕去醫院才行，遲到一下下大家就會操心得不得了。是我硬逼他們讓我到學校來的。」

「這樣啊。」

她的病在正常狀況下應該不能繼續上學了吧。她都能好好面對這種病症，我卻連「妳可以來上學嗎」這種問題都要猶豫再三。

「我也想帶你一起去，但這樣一定會碰到我爸媽。我是沒差啦，但你應該不願意吧？」

「嗯，是啊，還是避一避好了。」

我有點擔心她的狀況，想跟著一同前往，但我的人生歷練還不太夠，跟同學的父母親見面有點尷尬，況且還是女同學。

「我想也是，那就解散吧！你要耐心等我聯絡喔！」

「嗯，已經暑假了嘛。除了打工那幾天之外，我隨時都有空，妳就傳訊息給我吧。」

「啊，對喔，你在打工耶。我記得是送披薩吧？」

她拍拍自己的膝蓋，又把之前看過的那個無聊冷笑話拿出來玩，真是學不乖。

「我也要回去了，拜拜。」

我沒理她，逕自往校舍玄關走去，就聽見身後傳來一句愉快的聲音說道：「別無視我嘛！」

回到家後，我像平常一樣在等媽媽回來的期間做完家事後，就開始保養相機。最後將一整天的汗水洗淨走出浴室時，收到了她先前預告過的訊息。

這則訊息帶有一如既往的活潑，又夾雜了她正受病症所苦的一面，讓我不知該如何回應。

【今天很謝謝你。但你已經是我的攝影師了，就要拚命工作才行！明天開始拍照吧——！早上八點在車站前碰面，攝影地點已經確定了。我已經沒有多少時

間了，所以你一定要赴約喔！】

——沒有多少時間了。她說這句話是單純在陳述事實，還是為了讓我傷腦筋？我猜應該以上皆是吧。

既然決定要好好面對時日無多的她，我就不能逃避這句話。我一定要在她的餘生中拍出一張最棒的照片。

當我陷入沉思時，她竟沒等我回覆，又傳了另一封訊息過來。

【啊！對了，可以的話請你騎機車過來！我想看！】

這麼說來，之前聊到機車的話題時她就變得相當起勁。我心想：如果她對機車有興趣應該無所謂，於是回了一句【了解】就鑽進被窩。

仔細想想，跟她扯上關係後，我就已經放棄平穩的日常生活了。但更重要的是，我之所以對往後的日子充滿寄望與幻想，也是因為期待與她共度的每一分每一秒吧。

過去的我根本無法想像這樣的生活——想著想著，我便緩緩開始打起盹來。

第四章

相較於醫生帶給她的必須與疾病對抗的現實，她更希望我拍出的照片能呈現她用笑容面對的日常。

所以我真正需要做的，是讓她發自內心露出笑容，就像爸爸生前做的那樣。換句話說，就是給她生存的希望。

明白歸明白，我卻還沒想出辦法。

又是個令人頭疼的問題。

總之得先了解她的病情——我心想，於是一大早就在網路上搜尋病症細節。畢竟跟她相處的時候，也可能出現只有我能處理的緊急時刻。

「輝彥，你今天起得真早。」

「是啊，有點事情。」

媽媽又在看那個抗病的紀實節目了。電視畫面中病榻上的女孩言行舉止都很虛弱，過去我還以為我跟她和這種病患是兩個世界的人，如今再次意識到這與我息息相關。

「你跟香織有約吧？」

「嗯，對。」

「呵呵，玩得開心點，別擔心晚飯的問題。」

「可以嗎？」

「可以可以，我猜香織一定會帶著你到處跑，晚餐我就隨便解決吧。」

見媽媽笑得樂不可支，我有種不祥的預感，感覺她心懷鬼胎，但還是決定裝作沒發現，逕自走向玄關。

「那我出門了。」

「路上小心。」

媽媽繼續盯著電視這麼說道，而我轉過身走出家門。

我依照她的指示騎車到達集合地點後，視線捕捉到一個可疑人物。

時間是暑假第一天的上午九點，還沒放暑假的大學生和社會人士在車站前熙來攘往，每個人都像要避開那個明顯異於常人的人物般，各自忙碌地走來走去。

「早安！」

抵達集合地點後，那個可疑人物充滿活力地跟我打招呼。

「早。」

那位可疑人物，更正，她戴著安全帽，穿著不像盛夏服裝的長袖長褲，還揹著一個超大後背包。今天她哥哥似乎沒有把她的腳踏車借走，所以可以準時赴約。

「這身裝扮怎麼樣？」

「這身裝扮是怎樣？」

彷彿把所有離譜要素都穿在身上的她，竟然還抬頭挺胸，臉不紅氣不喘地站出直挺挺的姿態。

「我覺得很可以啊，感覺很像機車騎士。怎麼樣，適合我嗎？」

「嗯，妳已經是個不折不扣的可疑人物了。」

「看起來果然很可疑啊——」

看來她也知道這身打扮有多詭異。我雖然想質問她「那幹嘛不換掉這身衣服」，但應該只會是對牛彈琴吧。

「因為旁邊的行人好像都避著我，我才懷疑是不是這樣，果然沒錯——」

「大家應該都很反感吧。」

「但我也體會到摩西的心情了。」

「啊啊，頒定十誡的那個摩西嗎？」

「對對對。摩西分了紅海，而我分了人海！」

「這對妳來說算是滿有學問的話題耶。」

「……你偶爾會用這種瞧不起我的語氣說話耶。」

「從妳『偶爾才發現』這一點來看，可見妳真的很蠢。」

聽我這麼說，她毫不在意地笑了笑，不知是心胸寬大還是真的蠢。我猜她不是覺得對話內容有趣才笑，而是因為現在還能活著聊天才開心想笑吧，她的笑容源自於身上的這個病症。

「好，出發吧。」

「今天要去哪裡？而且這身裝扮到底是什麼意思？應該不是為了嚇唬我才穿的吧？」

「安全帽當然是為了坐車才戴的啊。這身衣服是為了防曬，而且要去的那個地方穿長袖比較方便。至於後背包，我只是將必需品裝一裝就這麼多了。」

「難道妳要去的地方已經不只是避暑勝地，而是雪國嗎？我猜現在這個季節，就算穿過隧道也不會到達雪國喔？」

「嗯？你在說什麼？」

她果然沒什麼文學造詣。不對，要是她真的說起日本文豪的話題，我一定會嚇得說不出話來吧。

「所以妳到底要去哪裡？」

「唉唷，去了就知道了嘛，敬請期待。我也把你的行李都帶齊了，別擔心。」
「那可真是謝謝妳。我們要去這麼遠的地方嗎？」
「好了啦！總之快點騎車出發吧，我來帶路！」
說完，她就立刻跨上我的機車後座，還興奮地大喊：「準備出發！」完全不顧他人眼光。
「不不不，這種電動自行車不能雙載，要去就要搭電車。」
「咦——我想坐坐看耶——」
「不行就是不行。安全帽可以先放在車子裡。」
我把電動自行車停在停車場後，拉著她的手走向驗票閘門，跟平常的立場完全相反，讓我不禁苦笑。
她給我的卡片裡還剩不少錢，而她自己似乎也想起這件事，說了句「對喔，也得把卡片餘額用完才行」，就同意搭電車移動了。

「太好吃了——！」
看她發出讚嘆聲，我嘆了口氣。
怎麼回事？這次我們不僅跨足外縣市，甚至跨越了地域。

現在的我們轉乘電車和公車，來到盛產水果的農園。此處的景象跟都市完全不同，由於海拔較高，遠眺甚至能看到大海。雖然時值盛夏，拜環繞的自然景觀所賜，這裡既涼爽又舒適。

她正津津有味地大啖名產葡萄和桃子，我瞥了她一眼，用手機確認目前所在位置。

「你也吃一點啊！難得來一趟耶。」

「不，我要先知道這裡是哪裡，還要確定待會兒的計畫——」

結果我嘴裡被塞了某個甜甜的東西，像是要打斷我說話似的。

「別廢話，吃就對了。吃飯玩手機很沒規矩喔。」

「那還真是對不起……唔，真的好甜喔，這什麼啊？」

她塞給我的這顆晴王麝香葡萄，每咬一口就會在我口腔中留下甘美的餘韻。多汁鮮嫩的果肉充滿優雅甜味，瞬間就征服了我的味蕾。

「對吧？這也很好吃喔。」

她陸續將巨峰葡萄和麝香葡萄放在我眼前，每粒果實都像寶石般閃閃發光。那些看上去堪比紫水晶和翡翠的果實，被她一口接一口放進嘴裡。她那幸福洋溢的表情也激起我攝影的慾望。

我在攝影空檔享用這些水果，並拿起相機。

「妳認真吃水果，不要管我。」

「這樣很難吃耶——」

話雖如此，她還是不停將果實塞進嘴裡。

她每吃一顆葡萄，就會多一張照片。

回過神才發現，我也因為她幸福的表情而露出笑容。

中途她搶走我的相機，把我吃水果的樣子拍下來，還找來店員一起合照。不知不覺中，我們就把買來的葡萄全吃光了。

「好，走吧。」

「咦？還要去其他地方嗎？」

「那當然，這裡只是為了休息片刻才繞過來的，目的地還遠得很呢。」

她好像還想離都市更遠一點，但這樣回到家就太晚了。雖然媽媽說不必管家裡的事，不過我覺得還是早點回去比較好，而且我也不想讓她一直在醫院外到處跑。

她平時的氣勢常讓我忘了她有病在身，跟她相處的時候可不能忽視這一點。

「雖然我很好奇妳想去什麼地方，也想帶妳一起去，但再不折返的話就太晚了，家人跟醫護人員也會擔心妳吧。」

「他們確實會擔心啦，但每天都活在重重拘束之下，不能做自己想做的事，到死之前會留下很多遺憾，所以偶爾這樣也無所謂。而且你要站在我這一邊，順從我的心情，不可以罵我。」

這時，她短暫流露出難得一見的感情。

她那任性妄為的一面，過去我已經看到不想再看了，這卻是第一次看她撒嬌。

不知道是因為她對我卸下心防，還是因為我是少數知道她生病的朋友。

「你是我的攝影師，所以只要帶我去適合的地點，拍出理想的照片就好了。」

「但還是得知會一下吧，會晚點回去就說一聲。」

「我已經得到家人跟醫生的允許了，你儘管放心吧。別說這些會把我拉回現實的話。」

「……」

我知道她的意思是「別讓我從夢中醒來」。生病之後，她的自由已經受限，我不能奪走她更多的自由時間。

「這樣正好，我先把話說清楚。今天我不會讓你回家喔。」

「……咦？」

「唉呀——這雖然是想從異性口中聽到的台詞之一，但真沒想到我會對男孩子說這種話呢——」

「什麼意思？」

「要外宿啊。」

她這突如其來的一句話，讓我頓時啞口無言，同時我也想起媽媽早上的反應。這麼說來，媽媽那時好像笑得很開心耶。

「……原來如此，妳事先跟我媽套好了吧。」

「答對啦──！我說『我要把輝彥同學借走兩天』，她就說『拿去拿去』。」

她哈哈大笑起來，可能是想起當時跟媽媽對話的場景了吧。聽到她這個請求時，媽媽一定跟她一樣笑個不停，畢竟她們有點相似。

「所以現在能責怪我的，頂多只有病魔跟神明而已，別太在意啦。」

「妳還真會舉例耶，這兩個都很讓人在意啊。」

「我已經跟身體說過『要阻止我行動？那就先阻止病症惡化啊』，所以沒關係。而且我不信神，就算真的有神，祂們還不是給了我病魔纏身的命運？討厭死了。沒人想聽討厭鬼說的話吧？」

「出社會之後一定會遇到討人厭的上司吧，到時候就算討厭也得乖乖聽話。」

「那我就會闡述意見，主張我的正當性。」

「真像妳會做的事。」

「課長，聽我的準沒錯！」

「妳被開除了，明天不用來了。」

她發出「啊哈哈哈」的笑聲後，又說了句「現實太殘酷了吧」。見狀，我的胸口頓時隱隱作痛。

她先前說過「我好像活不久了」，此刻卻理所當然地跟我聊著幾年後的未來。她這些話有幾句是真心的呢？如果明知自己沒有未來還說出這些話，未免也太可憐了。

至少現在已經沒人會責怪她了，所以我們隨後又搭上公車。

回過神來，我才發現公車駛進山路，好像來到海拔很高的地方。接著還能看到某座設施，隨著距離接近，就有股獨特氣味竄入鼻腔。這股熟悉的味道讓我皺緊眉頭，原來那是溫泉。

我們在傍晚時分抵達溫泉旅館。難道她想在這間氣派的旅館住一晚嗎？

「午安——！不對，應該是晚安了吧？」

她活力充沛地喊了一聲，老闆娘就出來迎接，用完美無缺的待客精神招呼我們。

「這裡可以只泡溫泉嗎——？」

「可以。有很多當地的客人會特地來這裡泡溫泉。」

「謝謝。」

我跟老闆娘道了聲謝，她就回去工作了。

看她毫無分寸地拖著語尾說話，又反觀老闆娘殷勤有禮的態度，我心想：不管是待人處世還是女性方面的禮數，她都該跟老闆娘多學學。結果她再次看向我。

「我流了一身汗，想在這裡泡泡溫泉，可以吧？」

「不是要住在這裡嗎？」

「沒有啦，我們要住別的地方。但難得碰上感覺不錯的溫泉嘛。」

「我沒意見。」

我同意之後，她竟露出不懷好意的笑容，跟我預想的反應不同。

「這個時間點好像還沒有客人來呢。」

「好像是。真不錯，這樣就不必趕時間，溫泉還是一個人泡最好。」

「呵呵，機會難得，要不要混浴？」

「……妳有在聽我說話嗎？我想表達的是一個人泡溫泉的感覺很棒，說什麼混浴啊，妳是白癡嗎？」

「我本來想讓你拍幾張只圍浴巾的照片，報答你平常幫忙拍照的恩情嘛。」

「我再說一次，妳是白癡嗎？」

「開玩笑的啦——」

於是我們分開行動，各自去泡溫泉。對經常去社區大眾澡堂的我來說，比起室內溫泉，我對露天溫泉更有興趣，可以同時體驗到豐饒自然景觀下的清新空氣和泡澡的快意。將身體大致沖洗乾淨後，我立刻打開通往室外的門。

但我的舒適小天地，卻因為接著冒出來的聲音變得遙不可及。到底怎麼回事？

「喂——！聽得到嗎——？」

她居然想隔著露天溫泉中區分男女浴池的隔板聊天，果然很蠢。

「我在叫你耶——！」

「……妳能不能小聲點啊，這樣很丟臉耶。」

「搞什麼，明明有聽見啊！」

「我聽得到，所以小聲點。」

「為什麼？」

「我剛剛不是說很丟臉嗎？」

「沒差啦，這裡又沒人。」

「我這裡有人進來的話怎麼辦？」

「沒關係啊，因為只有你會丟臉。」

我很想痛罵一句「臭小子」，但想盡辦法忍住了。我猜她一定會用挑語病的口氣說：「人家是女生耶，才不是臭小子！」

「我現在全裸喔。」

「……」

我竟然思考了一下她這句話的涵義，看來我也蠢得可以。她正在泡澡，全裸反而才是正常的狀態。見我遲遲沒回答，她又變本加厲起來。

「唉唷——？你在想像嗎？唔呵呵，現在還來得及，來玩混浴啊，這種機會可遇不可求耶。」

「抱歉，我剛剛潛在水裡，沒聽清楚妳說什麼。」

「我是說——」

「但至少知道不是什麼正經的話，妳還是閉嘴吧……妳得的是不是要一直說話的長舌病啊？安靜一點，好好享受這個奢侈的溫泉吧。」

「我得的是血液的病——我知道你想說什麼啦，我也覺得這個溫泉很棒，但一想到你在旁邊，就忍不住想跟你聊個沒完。對我來說，現在是為數不多的自由時間，我才想盡可能一直說下去。」

她釋放出乖巧可愛的氣息，麻痺了我的思考，讓我不禁想答應她的任何要求。

「所以啊。」

「嗯。」

「來玩混浴吧？」

「妳能不能閉上嘴？」

我還一度想認真聽她說話呢，真想叫她把那份純真的心還給我。

泡完溫泉換上衣服後，我回到大廳，發現她豪邁地癱在沙發上，前面的桌子上還放著三個空瓶。

「妳一口氣喝了三瓶？」

「唉呀，泡完溫泉後的咖啡牛奶怎麼會這麼好喝呢？害我喝得肚子好脹。」

我也跟著買了瓶咖啡牛奶，在她對面坐了下來，打開瓶蓋含了一口茶褐色的液體，在口腔內翻攪品味。原來如此，這真的很好喝。平常我去大眾澡堂的目的都是為了暖身子，不會主動讓身體降溫，但此刻我終於明白為什麼每個溫泉都會擺放乳製飲品了。

我已經不想埋怨她了，她讓我學會一件事：美食是旅途中的必需品。

「你也喝得津津有味嘛。」

「跟著妳好像就能吃遍美食耶。」

「別以為我是對吃很堅持的女人喔——」

「不是嗎？」

「你真的很惡質耶。」

「我覺得惡質比堅持好一點。」

「為什麼？惡質不好吧。」

「有點惡質狡詐，比堅持己見更容易在這個世道存活。」

「所以我才會比你早死啊。」

「……這樣我會不知道該說什麼，別用這種玩笑攻擊我啦，很狡猾耶。」

此時她站起身，好像想結束話題。我抬頭一看，發現她乖乖地跟工作人員鞠躬道謝，便把她這副模樣拍了下來。

「只剩一段路了，繼續加油吧！」

準備不充分又不習慣旅行的我，已經開始湧現長途旅行的疲憊感，但都已經走到這一步了，我想陪她走到最後。於是我也站起身，追上她的背影。

我瞥了一眼開始西斜的橘黃色夕陽，在山中的羊腸小徑前進。

剛才那個旅館外沒有公車可搭，接下來就得徒步了。我把這件事告訴她後，她就給出「哭哭囉……」這種不知算不算冷笑話的奇怪反應，所以我決定無視。

「還沒到嗎？」

雖說是山路，但畢竟是鋪設過的道路，走起來沒什麼問題，不過我很擔心能否在太陽下山前到達目的地，入夜後的山徑感覺很危險。

「快到了——因為風吹起來很舒服，我才繞了點路。」

「那就好。不過，嗯，確實很舒服。」

靠手機地圖帶路的她這麼說，我也同意她的說法。

雖然時值盛夏，越往山裡走氣溫還是會下降。和煦暖陽、輕拂肌膚的風，以及都市裡感受不到的清新空氣，讓本該筋疲力盡的我們繼續邁開步伐。

「喏，就在前面了。」

聊著聊著，終於看到了目的地。來到半山腰一處開闊的空地後，眼前出現一棟小木屋，暖色調的木紋讓人印象深刻。

「今天要住在這裡！我之前就訂好了——但到昨天為止都找不到人陪我來。」

就算沒找到我這個同行旅伴，她一定也會想辦法自己過來，讓周遭的大人傷透腦筋。她就是這種人。

「該說妳是準備周全，還是毫無計畫……算了，到了就好。我甚至已經做好心理準備，要在這座深山裡靠睡袋過夜呢。」

「我也不會這麼誇張啦——但如果我沒生病，搞不好真的會帶帳篷過來。」

「原來妳因為是病人，才終於能做出跟普通人一樣的選擇啊。帳篷就留給登山專家，或一時興起想露營的大學生就好。」

「再加一項，是生病的美少女。」

說話的同時，她迅速跑向小木屋。即使病魔纏身，她這份隨性可能也很難從根本上有所改變。

「這地方還不錯耶。」

小木屋內維持得相當整潔，比我想像中還要寬敞，廁所、廚房，甚至連冰箱都一應俱全。就算沒有床鋪，也算得上是十分完善的住宿地點。要洗澡的話，往山下走一小段路就有溫泉，所以不成問題。

「妳在幹嘛？」

「嗯——？先把食材放進冰箱啊。」

只見她拚命從大背包中拿出食材塞進冰箱裡。

「要來這裡之前，我買了很多東西。放心，冰箱保冷度無可挑剔，不必擔心衛生方面的問題。」

「那就好，但妳為什麼要帶食材？」

「我事先打聽過這裡有廚房，所以想跟你一起煮飯。」

「該不會是聽我媽說的吧？」

那個老媽到底是站在我這邊還是她那邊啊？

這種時候老媽一定會說「感覺很有趣嘛」，並喜孜孜地替她撐腰。

「嗯，我聽智子小姐說，你做的料理好吃得沒話說。」

「果然沒錯。」

「對了，你無權拒絕。你不做的話，今天晚餐就沒著落了。我也會幫點忙，一起做飯吧──這樣一定很開心！」

她每次都會說出在我意料之外的話，但如果這也是能讓她露出笑容的一個因素，那倒也無妨。

「也對，機會難得，就來小試身手吧。」

「太厲害了──！」

她好像非常滿意。

這麼說來，我好像是第一次跟別人一起下廚。

「那要做什麼？」

「在這種地方只有一種選擇吧。」

「我一點想法也沒有。」

「唉唷，當然是咖哩飯啊！」

在大自然中吃咖哩飯，就好像是一種默契，也不是不能理解啦。

說完，她打開冰箱，只見裡面準備了明顯過量的食材，不只有蔬菜和雞肉，甚至還備齊了種類豐富的調味料，完全無法想像我們只是要在這裡待一天。

「這還真是……」

「很厲害吧，調味料很輕，我就帶了很多過來。因為不知道哪些能用，我就把架上的品項幾乎都買來了。畢竟米很重，食材可能不太均衡，但你儘管用吧。」

「啊啊，看妳一路上揹得很重的樣子，原來是因為米啊。」

「知道的話就幫我拿一下啊！」

「我都已經把妳這個重擔帶來這裡了，哪還有餘力。」

「啊哈哈哈，說得也是！」

談話期間，我把冰箱內陳列的食材掃過一眼，卻忽然發現一件事，這對她來說可能是相當致命的失誤。

「對了。」

「嗯?少了什麼嗎?」

「是啊，嗯，好像是。」

「是什麼——?」

「難不成妳忘記買咖哩塊了?」

「……怎、怎麼可能!我這麼期待，怎麼可能忘記買嘛!啊哈哈哈哈……」

她越說越小聲，看來是真的忘了。

「等我一下!我馬上去買!」

「不，等等，再怎麼說也太遠了，而且入夜後的山路很危險。」

她感覺快要失控了。沒辦法，雖然有點麻煩，也只能用現有的食材入菜了。

「沒關係，沒有咖哩塊應該也能煮，但可能會花點時間，妳不介意的話就好。幸好這裡有很多調味料跟辛香料。」

「不會吧！你能做出這麼道地的咖哩嗎！」

「別抱太大希望。」

「呵呵，幸好我忘了買咖哩塊～」

「妳就吃配咖哩的福神漬菜當晚餐好了。」

「對不起，我會反省。」

雖然沒有在媽媽以外的人面前展現過廚藝，但看她期待成這樣，其實感覺還不賴。

我從前置處理開始做起。先把洋蔥切丁，磨了少許蒜末及薑末，再將雞肉切成適當大小，並去除雞皮。雞皮可以用在其他料理上。

「明明是咖哩，卻要用到薑跟蒜喔？」

「會啊，大部分的市售咖哩塊都有加。」

她默默地盯著我手邊的工作，彷彿沉浸在料理觀摩之中，但在她的關注下，我反而比想像中的更難做事。真希望她現在也能像平常那樣一個人玩鬧。

「呃，妳可以先去煮飯嗎？雖然妳說要幫忙，但妳是血液方面的疾病，要是害妳被菜刀切到手，我可擔待不起。麻煩妳盡量做點安全的工作。」

「呵呵呵，謝謝你擔心我。如果我流血的話，最慘的狀況就是血流不止直接陣亡了。」

今天早上我查過了，對她的病症多少有點認知，我絕對不能讓她受傷。

她應該也明白我的用心良苦，於是乖乖洗起米來。為了完成我份內的工作，我也重新投入料理。

我將方才切碎的洋蔥放進抹好油的平底鍋後，撒點鹽持續翻炒。

「你已經放鹽了，這樣就調好味了嗎？」

她好像還是對料理過程很在意，比起煮飯更執著於我手邊的工作。她的手雖然還在洗米，心裡卻已經沒有米了。

「不，這只是為了去除洋蔥的水分，這樣能讓洋蔥更快變成焦糖色。」

「哇，好像鄉下老奶奶的小知識喔！」

「我應該跟妳同年吧。」

待洋蔥轉為焦糖色，我把薑蒜放入平底鍋，炒到一定程度後，再放入切半的番茄及適量番茄醬，攪勻至水分收乾為止。接著我將五種左右的辛香料混合，又繼續炒了一會兒，平底鍋中緩緩飄出讓肚子咕嚕咕嚕叫的香氣，讓我們都有點餓了。

「要不要試試味道？」

「咦？可以嗎！」

她帶著閃閃發亮的眼神轉向我，看到平底鍋裡的食物卻馬上露出苦瓜臉。

「怎麼髒兮兮的啊？」

「別說這種話，待會兒就會變成咖哩了。」

我將乍看之下髒兮兮的食物舀了一點給她。雖然開口抱怨，她還是接了過去，猶疑一會兒後才放進嘴裡。

「好鹹！……啊，但真的有咖哩味耶，好厲害喔。雖然口味有點重，但是好好吃！」

「那就好，這就是咖哩醬。雖然不是固體，但應該能達到同樣的效果。」

「你居然連咖哩醬都會做！」

「還好有順利做出咖哩。」

「你這是在讓我試毒嗎——？」

「……顧好妳的白米飯吧。」

「啊！我被敷衍了！」

跟她閒聊時，我手邊的咖哩也即將完成。把事先切好的雞肉拌入咖哩醬後，又加了點水煮沸，咕嘟咕嘟燉煮的咖哩，宛如沸騰的岩漿。

「哦！咖哩好像岩漿喔！」

「……別跟我有一樣的想法好嗎？」

「呵呵，原來你也這麼覺得啊。」

我一臉無奈，她卻毫不在意地笑了起來。

「米煮好的話，妳就來看一下咖哩吧。」

「啊，嗯，知道了。」

話雖如此，她的視線卻固定於正在燉煮的咖哩，雙手沒有任何動作。繼續放著不管的話，咖哩可能會燒焦。

……啊，原來如此，她是依照我的指示「看」著咖哩吧。我確實是要她看著咖哩不要煮焦，但她未免也太老實了吧。

「妳在幹嘛？」

「嗯？聽你的話看著咖哩啊？」

「我的意思是，妳要時不時攪拌一下，避免咖哩燒焦。」

「……唔！你一開始就要說清楚啊——！」

她用力拍拍我的肩膀，我再次將咖哩交給她看顧。

我看準這個時機去拿要放進咖哩的蔬菜，順便也拿了相機過來。畢竟難得見到她下廚，更重要的是，我無論如何都要把她憨直過頭的樣子拍下來。

我舉起相機對焦。

為了避免咖哩燒焦，她非常認真地用湯勺攪拌，所以似乎沒發現我用相機對著她，我便趁機拍了張照片。

聽到快門聲，她才終於發現我擅自拿相機對著她，卻沒多說什麼。

「你剛剛在拍照嗎？」

「因為妳煮飯的樣子很新鮮。」

「我的手現在沒空，不能擺姿勢耶！」

「我就想拍妳這蠢蠢的樣子，不需要擺姿勢，妳只管盯著咖哩就好。」

「居然敢這樣瞧不起我，你有時候真的對我很不客氣耶。我知道了，這種感覺就像小學生忍不住想欺負喜歡的人吧？這樣的話，欸嘿嘿，人家會害羞耶——」

話才剛說完，她就把咖哩丟在一邊這麼回答我。

「抱歉打斷妳愉快的妄想時間，但咖哩焦掉就沒辦法重做囉。」

「唉唷，對喔！」

這次她聚精會神地顧著咖哩，我又拍了幾張後也放下相機。

將她的身影大致拍了個遍以後，我剩下的工作就只有完成咖哩了。

雖然這麼說，其實也只是將要放進咖哩的食材炒好備用而已。

由於這次是純手工咖哩，我想奢侈地放入紅黃甜椒、四季豆跟茄子，做出色彩豐富的夏日咖哩。

「妳應該沒有不喜歡吃的菜吧？」

「我不喜歡吃咖哩飯！」

「……好吧，我看妳的晚餐還是吃福神漬菜就好。」

「沒有啦，開玩笑的！對不起！我最愛吃咖哩了！」

「給妳一個忠告。每開口道歉一次，就會失去一些謝罪的價值，所以不要張口就說。」

「說得真好耶，那我要把剛才的道歉收回來！」

「那妳晚餐就吃福神漬菜吧。」

「好過分喔！」

「妳有不喜歡吃的菜嗎？」

「你這壞傢伙！」

「再給我打馬虎眼，就把妳的飯量跟福神漬菜的比例反過來喔。」

「那盤子裡不就只有茶色跟紅色了嗎！我不挑食啦！」

聽她這麼說，我才將食材放進咖哩。

「就照我的意思隨便放囉。」

「嗯，都可以——好期待喔。光聞這個味道，就覺得肯定很好吃。」

如她所說，小木屋內已經瀰漫著咖哩香氣，變成讓我們這兩個小餓鬼難以抗拒的空間了。

將炒過的食材放入咖哩，稍微燉煮入味後，我讓她試試味道。

「喏，做好了。妳要嚐嚐看嗎？」

「嗯嗯！」

隨後，聽到她用比我期待中還要大的音量喊了聲「好吃！」我才鬆一口氣。

「不知道為什麼，嚐味道這一口就是特別好吃！」

「我也有同感，以前我經常為了嚐味道去廚房幫媽媽做事。」

「原來如此，就是因為幫了忙才會衍生出這股特別好吃的滋味啊。如果我也能生孩子的話，真想生個像你這樣的小孩！」

「妳這種媽媽，我可敬謝不敏。」

「我覺得自己跟智子小姐很像耶。」

「……好了，吃飯吧。」

「啊——！你又轉移話題了！討厭！」

我也幾度覺得她跟媽媽很像，但不想承認自己被她說中了，才決定用吃飯來逃避。她雖然滿口怨言，卻還是乖乖坐下，一定是抵擋不了空腹的感覺吧。不管是身體健康的我，還是病魔纏身的她，這都是無可改變的事實。

「請用。」

「哇啊！好棒喔！一想到這是你做的就覺得有點討厭，可是真的好厲害，感覺很好吃！」

她看著被紅黃甜椒點綴的咖哩，將她空閒時煮好的飯盛到盤子上。我順手將剩下的蔬菜做成沙拉，還加上煎得焦脆的雞皮。由於調味料種類豐富，連淋醬都是自製的。

「光看外觀也有專賣店的水準耶。如果走料理型男路線，你搞不好會變成萬人迷喔，桃花一朵接一朵。」

「真不巧，與其談戀愛，我更喜歡面對相機。」

「之前說沒談過戀愛的傢伙，還好意思說！」

「沒差，我又沒興趣。」

「畢竟你已經有我了嘛。」

「這話什麼意思？」

「好啦，我要開動了！」

她故意扯開話題，像是在報復我似的，看來是沒打算回答我的問題了。也罷，我也不想繼續深究，所以沒放在心上。

她張大嘴吃了一口咖哩，就發出毫無意義的怪聲，我就把這個反應當成讚嘆收下吧。她露出打從心底感受到幸福的表情，掌廚的我也心滿意足。看她給出這麼棒的反應，我就覺得這頓飯做得很有價值。

「嗯。」

嚐過味道後，我覺得成果還不錯，搞不好可以說是我這輩子最棒的作品。

跟她一同出門時，我最喜歡用餐時間了。她的絕佳反應自然是原因之一，更重要的是她吃飯時會安靜下來，我也能心平氣和地享用料理。

但仔細想想，這跟趁肉食猛獸被獵物分散注意力時逃走的草食動物沒兩樣，讓我覺得有點難堪。

結果一直到吃完飯，我們都在聊些像是「如果可以每天吃這種東西，我想當你家的孩子！」這種意義不明的宣言，算不上是有內容的話題。

吃完飯並簡單收拾過後，我們來到小木屋外。

「好涼快喔！」

「不是涼快，是有點冷吧。」

雖然正值夏日，但來到海拔這麼高的地方，還是能感受到刺骨的寒意。我摩擦手臂渾身發抖，她卻不懷好意地盯著我看。

「你比生病的女孩子還虛弱耶。」

「明明是妳的問題，都生病了還這樣活蹦亂跳。而且只有妳穿長袖，心機太重了吧。」

原來她是為了現在要禦寒，才會一開始就穿著長袖啊，這種深謀遠慮的小細節真讓人火大。

「與其說是禦寒，應該說是為了防蟲比較正確，畢竟我不能被蟲咬。」

「啊，對喔。」

那就沒辦法了。罹患血液相關的病症，連蚊子這種小蟲也得小心提防。

「呵呵呵，對我刮目相看了吧！」

「什麼意思？」

「鏘鏘——！」

她將藏在背後的東西遞給我。

「這是……」

「欸嘿嘿，你還記得嗎？」

她給我的東西，就是前陣子我在打工前陪她去購物時買的男裝。當時我以為可能是買來送哥哥的，沒有想太多，沒想到是為了這一天。

「難道妳是為了今天買的？」

「對啊！我覺得深山裡一定很冷。」

這樣的話，她在那麼早之前就計畫著要跟我來這裡……我可能太小看她了。

「而且我也有點好奇。」

「好奇？」

「你媽媽智子小姐是個大美人，所以我在想，要是你也好好打理儀容，說不定也很帥氣！」

「我媽看起來確實很年輕，但妳未免太抬舉她了。」

她給我的這套衣服，感覺是在咖啡廳讀書的文青會穿的，既穩重又不失時尚感。我從來沒試過夾克外套配緊身褲以外的穿搭，也不會買這種衣服。

「你會穿吧？」

「……」

我不想被她誤以為是在害羞，這次就照她的意思做吧。沒辦法，畢竟山上入夜後真的很冷。

「妳難得替我準備，我就穿吧。」

「咦？真的嗎！太好了！」

我先回到小木屋，再次審視這套從沒嘗試過的衣服，緩緩嘆了口氣後便開始換裝，並露出不帶任何羞恥的淡定神情回到她身邊。

「不錯嘛！雖然有種被衣服牽著走的感覺，但比以前那樣好太多了。」

「妳這是在全盤否定我以前的穿著？」

「下次得把這種鬧脾氣的回答方式改一改喔。」

「要妳管。」

「我們來比賽好了，看是你的個性先改變，還是我的病會先治好！」

她說出這種讓人猜不出是玩笑還是真心的話，還笑得樂不可支，讓我傷透了腦筋。

「那我們去最後的目的地吧。」

「咦？目的地不是這棟小木屋嗎？」

「怎麼可能——我哪會只為了在山上住一晚就特地跑來這裡啊，我可是有相當合理的目的。」

說完，她拿著兩個小木屋裡的睡袋往前走去。

「放心，就在附近。」

如她所說，來到正好看不見小木屋周遭照明的地方後，她就停下腳步鋪起睡袋。

目前可見的只有她在昏暗夜色中仍然清晰可辨的側臉、將我們團團包圍的樹林，還有一大片無垠星空。

「……真是壯觀。」

我忍不住低喃。

籠罩我們上方的天空沒有一絲雲彩，數不盡的星辰耀眼奪目。之前學過的夏季大三角綻放出強烈的光芒，所以我馬上就找到了，還能看見由星星相連而成的銀河疊在上頭。

眼前的景象既壯觀又美麗，跟我和她第一次去天文館看到的根本無法比擬。

「我無話可說，這就是星空啊。」

「嗯，這就是星空，我最喜歡的星空。」

我忽然想起一件事，雖然從以前就相當在意，卻遲遲沒有問出口。我認為現在正是詢問的最佳良機，便毫不猶豫地開口問道：

「妳為什麼會加入天文社？應該說，妳愛上星星的契機是什麼？」

「對喔，我沒跟你說過。在朋友面前我都會隨便找藉口帶過，但應該可以告訴你。」

她點點頭，彷彿在心裡做了什麼決定，才又繼續說道：

「原因很簡單。雖然我國中時就發現自己得了這個病，但有段時期還是被各種恐懼壓垮，始終無法前進。」

原來她也經歷過這種時期啊，我有些驚訝，但沒有說出口。因為我反而覺得平常的她太強勢了，那個時候的她才是合理的反應。

「爸媽看我這樣實在不忍心，就把我帶來這裡。」

她用輕快的語調繼續說道：

「然後啊，我看到這片星空，覺得實在太壯觀了！壯觀到我覺得自己的病簡直微不足道。不知不覺中，我開始覺得變成這片星空的一部分也不錯，搜尋星星的資料時，還發現自己和織女星好像。那一定就是我愛上星星的理由。當時我應該是想藉此逃避現實，畢竟跟星空相比，我的煩惱根本不算什麼。」

「這樣啊……」

「而且星星很美嘛。」

到頭來竟還是因為如此單純的理由，但我覺得這樣也很棒。

就算是為了排解生病的痛苦才開始觀星，但現在的她能說出「因為星星很美才喜歡」這種話，我覺得很棒。

我能理解她對星星著迷，想成為觀星者的心情。而且，連遇見她之前對天文毫無興趣的我，也被這片星空徹底擄獲。

「這就是我想看的。」

「是嗎？」

「也想讓你看看。」

「……這樣啊。」

雖然不知道她為什麼想讓我看星星，但我終於明白她「想變成星星」的理由。

不，是無意間明白了。

其實我很想變成星星。

她曾經說過這種話。雖然是因為她的生命與死亡只有一線之隔，但我現在卻能深刻明白其中的道理。

「星星很美呢。」

「嗯，真的很美。」

總覺得能明白妳為什麼想變成星星了——我差點就接著說出口，但還是沒辦法。因為我知道她這句話太過沉重，我沒資格輕易說出口。

我們隨意地鑽進睡袋裡躺下，仰頭看著星空。將全身託付給大自然，眺望無垠星空之際，明明我就躺在地面上，她也近在我身邊，卻彷彿陷入一種飄在半空中的錯覺。

「聽你這麼說，我就覺得來這裡值回票價了。」

「可惜我沒帶腳架過來，沒辦法直接拍下這片星空。」

就算透過觀景窗看著這片天空，也無法將映入眼簾的景色直接拍出來。明明那些星星看上去都閃耀著紅色、藍色和白色等各種顏色的光芒。

「你滿腦子只想拍照，旁邊還有個值得觀賞的女孩子耶。」

她打趣般地笑道。我試著將視線轉向她，卻因為太暗而看不清她的側臉。

「現在值得觀賞的是這片星空吧。而且我拿起相機時，就會好好看著妳了。」

說著說著，我看見夜空中的某個星星忽然掉了下來。彷彿要追尋它的軌跡一般，其他星星接連墜落，數量還不停增加。

「快看！是流星！」

我聽到她興奮無比的聲音，對眼前的絕景看得出神。

如雨滴般墜落的流星光芒，牢牢鎖住我們的視線。

「……很漂亮吧。」

「嗯，我從沒見過這麼美的景色。」

我們一起發出讚嘆聲。

「把一個願望對流星說三次就會實現，這是真的嗎？」

她這麼說。

「就算是真的，也很難在這麼短的時間內許願三次吧。」

「那經常將願望反覆思量，甚至可以在短時間內說三遍的人，一定能得償所願。」

「原來如此，這話很有深意呢。」

「畢竟跟星星有關嘛。」

我瞄了她得意洋洋的側臉一眼，並試著向流星祈求了三次：「希望她的病能早日康復。」而此時的她，會對這些流星許下什麼願望呢？

「不覺得星星是五顏六色的嗎？」

「是啊，我沒想過星空的色彩居然這麼鮮明。」

「這跟星星的壽命有關。因為現在是生命中最輝煌的時刻，所以發出金色的光芒，最生氣的時候發出紅色的光芒，最難過的時候就發出藍色的光芒。不覺得這樣很棒嗎？居然能用光芒表達自己的情緒。」

她跟我初見時，就曾以這種感性的方式比喻星星。過去我只覺得她對情緒感知較為細膩，認為這種比喻方式很有她的風格，但其中一定還有其他涵義，她是抱持無比憧憬的心，由衷想變成星星，想成為那抹耀眼的光輝才會這麼說的吧。

「只有妳才會這麼想，我就不會有這種想法。就算我變成星星，也不會散發出這麼美麗的光芒，頂多只是六等星而已。」

「六等星也不錯啊，也會在天上某個角落奮力發光吧。」

「但會被妳這種一等星的光芒蓋過去啊。」

她依然看著星空，打趣似地說「我這是臨終前的光芒，所以特別閃耀」，接著繼續說道：

「無論是喜是悲，我都希望能像那些星光一樣留下美麗的片刻。要是能發出這麼漂亮的光芒，一定是件很棒的事。」

啊啊，原來如此，所以她才總是用盡全力活著，綻放出耀眼無比的笑容。不管是在教室跟朋友說笑的時候、吃東西的時候、對我說的話過度反應的時候，還是——在相機前的時候，她都想拚命成為那抹光輝。

「妳之前說過，我們現在看到的星光是很久以前的吧，所以……」

——妳是希望在死後也留下美麗的記憶嗎？

我急忙將衝到嘴邊的這句話吞回去。雖然這想法很蠢，但我覺得要是現在說出口，她就真的會變成星星。或許是幾乎要將我們吞噬的無數星辰給了我這種錯覺。

我還是看不清楚她的側臉，但總覺得她臉上帶著微笑。

「我也想透過這種方式，將我的心情完整地傳達給我過世後繼續活在世上的人，告訴他們『你們身邊曾經有過我這個人』。」

「……」

「這樣我就能用盡全力活在當下，被側目的時候也不覺得丟臉了。」

這才是她笑容的根源，讓她能笑口常開的理由。

「妳真了不起。」

我這麼心想。在我看來，她勇往直前的生活方式實在很偉大。

「哦，你難得會直接讚美我耶。」

「因為我不可能會有這種想法。」

「對喔，我記得你的座右銘，是什麼來著？塞什麼翁……？」
「塞翁失馬焉知非福。」
感覺這是好久以前的事了，當時我壓根沒想過替她拍照有什麼意義。
「對對對，就是那個。可是啊，像這樣眺望星空的時候，不覺得自己很渺小嗎？對這片星空來說，我們活著的這段時間只是一眨眼的工夫而已。我被病痛折磨的時間一定更短，所以不能輕易示弱。」
「……」
我無話可說。過去毫無主見，總是站在被動立場的我，和與壯闊星空相比努力生存的她，根本是天壤之別。如果她覺得自己很渺小，那我又算什麼呢？
「呵呵呵，看著這麼浪漫的星空，我們來聊點戀愛話題吧！」
「怎麼會變成這樣啊？拜託別把我扯進這種話題。」
這種不想讓氣氛太沉重的舉動，一定也是她的考量吧，但真希望她說點適合我的話題。
「我這人就愛東拉西扯，所以放棄掙扎吧。」
「妳很了解自己嘛。既然了解，就麻煩妳管好自己。」
「我這人就是管不住自己，所以放棄掙扎吧。」
被她這麼一說，我也束手無策了。

「我們之前也聊過類似的話題吧。去跟班上的女生聊啦，這對我來說不堪負荷。」

「你沒好好談過一次戀愛吧？」

「喂……」

「沒有吧？」

在她面前，我的意見等同於無。性格被動的我跟主動積極的她，實在太不對盤了。

「……沒有啦，我不是說過了嗎？」

「那有想過以後要試試看嗎？」

她提到未來的事。雖然總有一天會談戀愛，但我確實對此毫無頭緒。而且我實在沒辦法對她描述未來。

「……妳的經驗應該比我豐富吧？妳不是自稱萬人迷嗎？」

儘管有些刻意，我還是強硬地轉移話題。我聽見她不滿地嘆了口氣，卻沒有繼續深究。

「雖說有經驗，也都僅止於表面而已。我覺得其他人對我有誤解。」

「誤解？」

「過去對我有好感的人，都只看到我的外在。像是我很會聊天啊、很可愛啊、身材很好之類的，說來說去就是這些。」

但就是這些地方才會引人喜歡吧。我把內心所想直接表達出來，她就搖搖頭。

「我也曾經覺得某個人很帥氣喔。以前年紀雖小，我卻覺得鄰居大哥哥很帥，簡直愛死他了，但這種仰慕之情跟戀愛不一樣。所以對我有好感的人，也只是嚮往自己能和我這種八面玲瓏的人交往而已。」

我不這麼認為。我從來沒有因為她能跟任何人談笑風生、交際自然得體，就覺得她是八面玲瓏的人。

「外表被稱讚當然很開心，聽到大家覺得我活潑開朗也很高興，但我還是最希望他們能貼近我的心。」

「貼近她的心」是什麼概念，我實在不甚理解。她到底是抱著什麼想法活在世上？平常那張笑容背後又藏了些什麼？跟她相處至今的我，還是一無所知。

這對我來說太困難了。

她的戀愛話題，跟女孩子在校外教學晚上會聊的那種差太多了。

「而且我生病了，如果對方不是因為了解我的內在才喜歡上我，一定會讓他後悔終生。」

她戲謔地這麼說。

「這倒是，販售凶宅卻沒有事先知會，簡直就是黑心商人。」

「啊哈哈哈！對啊，畢竟我不是詐欺犯，只是個活在當下的女高中生而已。所以啊，就算要談戀愛，也得讓對方看清楚我的內在才行。」

「我也不想跟詐欺犯打交道。」

「對吧？所以我的戀愛對象只剩你了。」

之前還跟我說過「不要愛上她」這種話，現在又在胡說八道什麼？

「怎麼會扯到這個？」

「因為只剩下你了嘛！」

說到這裡，她提高了音量。

「我不會再對其他人提起我生病的事了，我不喜歡被關切。」

「那就找個優質的好對象，只對他坦承病情不就好了？」

這時忽然一陣沉默。雖然穿著暖和窩在睡袋裡，時不時吹來的風還是寒冷刺骨。

「那樣也不行。我只覺得對方一定會拋下我，或是對我過度體貼。」

「不希望對方拋下還能理解，但連對方體貼也不喜歡嗎？」

「不喜歡。因為那不是在關心我，只是在關心我的病。對要取我性命的病這麼體貼的人，當然是我的敵人啊。」

真的很像「有點自我意識過剩」的她會說的話，我覺得自己每次都會不由自主臣服於她。就算是我未曾有過的想法，還是會被她說服。

「你是不是覺得『真像妳會說的話』？」
「妳很懂我嘛，我確實是這麼想的。」
「果然沒錯——雖然你常說『很像妳會做的事』，但定義又是什麼？」
「妳都會說出跟我完全相反的話。」
「怎麼說？」
我感覺她好像在挪動睡袋，應該是讓自己轉向我吧。
「站在妳的立場，我就會希望戀人對我體貼一點，畢竟我的生活不太好過嘛。但妳卻斬釘截鐵地說『對妳體貼的人都是敵人』，我才覺得很有妳的風格。」
「沒想到你有少女心耶。」
可能是用了完全不適合我的「少女心」一詞，說完她又自己笑了起來。
她誇張地笑個不停，趁著四下無人，就用比平常大三倍的音量哈哈大笑，就像在對星空述說活著有多幸福。
「對了，有件事我一直很好奇，可以問你嗎？」
笑聲終於停了之後，她忽然這麼問道。
「怎麼忽然正經起來了？妳平常根本不會徵求別人同意耶，現在這樣就很不像妳。」
「我猜你可能不想被問嘛。那我就不客氣囉。」

她先拋出這個前提，接著就直搗我心中不太想被觸及的部分。

「你為什麼都不喊我的名字？」

「啊啊，妳是問這個啊。因為我聊天的對象頂多只有壘跟妳而已，不用名字叫妳也沒差，影響不大。」

「我覺得不用名字叫人很失禮耶。」

「妳不也是嗎？」

「我是學你的。至少剛開始跟你出門那陣子，我都會叫你的名字。」

回想起來好像真的是這樣。她是從什麼時候開始不用名字叫我的呢？

「……我不想讓其他人喊自己的名字，所以我也不叫。」

「為什麼？天野輝彥這個名字很棒啊。」

「是啊，的確是個好名字，但我承擔不起。」

「什麼意思？」

「天野輝彥，跟牛郎星的日文說法『彥星』很像啊，在銀河閃閃發光的牛郎星，我配不上這種名字。」

「唔呵呵，原來如此。」

「為什麼要笑？」

「沒什麼，我覺得好像真的不太適合現在的你。」

「這話雖然很失禮，但確實如此。所以……」

「但俗話不是說『人如其名』嗎？所以就算現在承擔不起，往後只要努力成為配得上這個名字的人就好啦。」

「這……」

她說得沒錯。這話不僅邏輯正確，又出自自稱織女而毫無忌憚的她，感覺格外有說服力。

「我這織女都這麼說了，當然沒問題。你雖然把自己貶為六等星，但你一定會變成彥星──也就是牛郎星。」

她說了句「所以啊──」，接著說道：

「如果哪天你覺得自己有資格配上這個名字，一定就能喊出我的名字了。」

那一天真的會到來嗎？假設我真能如此轉念，那個時候她還在我身邊嗎？她還會繼續笑著站在我所見的觀景窗的另一邊嗎？

我不願多想，於是放棄思考。

隨後，我們繼續仰望星空。

我們盯著上空好久好久，甚至不禁心想，自己好像快融入夜色和星光之中了。

我們對這片星空深深著迷，直到她大喊一聲：「好冷！」回到小木屋後，我們鋪好棉被準備就寢。她調侃地說了句「今晚只有我們兩個人唷……」，但我當成耳邊風，立刻鑽進鋪好的棉被中。

柔軟的棉被包裹著歷經長途跋涉的身體，增添了我的睡意。她似乎想重新開啟剛剛聊過的戀愛話題，但我決定無視，她就打消念頭了。

「你今天開心嗎？」

「……要是只有我一個人，恐怕一輩子都無法經歷今天這些事。所以我很開心。」

「是嗎？真令人高興。」

「妳就不用問了吧？在我看來，妳簡直開心得不得了。」

「嗯！超級開心！」

「那就好。」

「我們還要再來喔，下次想看看冬天的星空呢。冬天的空氣很清朗，看起來一定會更漂亮！」

從她那興奮尖銳的嗓音，就能感受到她真的想再來一次的心情。這裡空間不大，我們沒辦法分開睡，所以只得將棉被鋪在一起，但還是能察覺到平常感受不到的細微感情。

為了回想剛才那片星空，我伸手拿起相機，趴臥著一張張檢視拍下的照片。

雖然拍得不太好，我還是將星空拍下來留作紀念。

「我也想看——」

她翻身闖進了我的棉被領域，近到肩膀都要碰在一起了。她在單人棉被上緊貼著我，為了看我手裡的相機，她又拉近了距離。

「喂，太近了吧。」

「有什麼辦法，我看不到嘛。」

說完，她又刻意貼近，我的肩膀跟上臂處都能感受到她的體溫了。柔嫩的肌膚、若有似無的甜甜香氣，以及跟我完全不一樣的氣息。這些將她構築而成的要素，讓我的五感反應變得更加敏銳。

「我會把相機移過去，離我遠點，妳一直靠過來很熱耶。」

「咦——有什麼關係，這樣就好啦——」

我們都沒帶睡衣，就決定穿著貼身衣物睡覺，但她這身打扮讓我不知該把眼睛放在哪裡。看到異性近在眼前，我只想拉開距離。

「未免貼太緊了吧，沒必要靠這麼近啊。」

每當我將身子退到棉被邊緣，她就又貼上來，我的空間越來越小，情況反而更糟了。

「唉唷——？開始在意我了嗎——？」

「吵死了，這麼囉嗦就滾開，要看照片就給我閉上嘴。」

「好——我閉嘴就是了——」

靜下來的她還是沒打算移開緊貼的身子，但至少已經安靜地看著相機，我就不予追究了。

因為是用手拿著拍，大部分的照片都模糊失焦，唯有一張成功拍下流星的奇蹟美照。沒想到拍了這麼多張照片，因此我們默默地看個不停，一點也不嫌煩。

「哦哦！這張果然拍得很好嘛！」

她對某張照片有了反應。那是我們準備回小木屋時，聽從她的建議拍下的照片。為了把星星一起納入鏡頭，我將相機放在地上，由下而上拍了這張照片，結果效果出奇地好。

那是我跟她以星空為背景的合照。我倆站在照片正中央，中間夾著銀河，感覺就像七夕童話一般。

「這張合照太奢侈了吧，居然用銀河當背景。」

「呵呵呵，這就是牛郎跟織女啊。」

「這樣我們一年才能見一次面耶。」

「那就不知道能不能再見了——我可能也活不到明年七夕。」

「別一派輕鬆地說這種話好嗎？」

被我這樣吐槽後，平常的她應該會笑著帶過，此時她卻沉默不語。

事到如今，我才小心翼翼地轉頭看她。

她的臉就在我眼前，近到彷彿能感受到她的鼻息。

我的視線自然而然地被她的嘴角吸引過去，只要稍微移動一下，應該就能碰到她的嘴唇了。

「……我的表情看起來很輕鬆嗎？」

她的嘴唇微微顫抖著，臉上帶著脆弱的笑，而非平常那種開懷的笑容。

不可能不害怕。儘管試著想像過，但自己可能與未來無緣的事實，一定會讓人恐懼萬分。

我誤以為她是個堅強的人，事實卻並非如此。她只是個有點愛逞強，運氣不太好的女孩子。跟我同年的女孩願意接受這種荒唐的現實，反而才是不正常的表現。

或許我過去只是假裝視而不見，躲在她堅強的外表之下，不想正視離她越來越近的終點。

她的視線中反映出殘酷的現實，為了逃避，我選擇轉身。要是盯著她的眼眸，好像就會被潛藏在內的恐懼吞噬殆盡。

我又逃開了。

我知道她緊緊地揪著我的背部衣物，脆弱又無力，彷彿在表達她的不安，我卻連回握那雙無力的小手都做不到。

我已經決定要當她的攝影師了，不能總是逃避，唯有這一點不容置疑。

我重新思考，自己還能為她做些什麼。

過去我總想用最完美的形式，將她的身影用照片留存下來，但這樣還不夠。

我必須連她會死亡的現實也一併接受。

這才是真的做好準備要跟她一起走下去。

隔天我們沒有再去其他地方，直接踏上歸途。可能一趟旅程下來累積了不少疲勞，我跟她沒說幾句話，對話中也沒有令人印象深刻的部分。

「這兩天真的很謝謝你。」

「彼此彼此。」

「下次要挑戰冬天的星空喔。」

「好啊，我得做足禦寒的準備。」

「嗯嗯，冬天山上感覺超級冷。」

來到車站後，我們約好了下次的行程。

回想起來，我在這趟旅途中應該很常笑。看著她的笑容，我的表情自然也和緩不少。

「那我先走囉。」

「嗯，下次見。」

「話雖如此，我們學校畢竟號稱升學高中，馬上就會在暑期輔導見面了吧。」

「也對，但妳這種人感覺就會隨便蹺掉。」

「我會乖乖去上課啦——！」

「那就明天見吧。」

「嗯！明天見！」

說完，我們就像平常那樣分開了。

回到家後，做著平常習慣做的那些事，才終於讓我回到現實。我不禁心想：會不會跟她在一起的那兩天反而才是夢？

如果她等等傳訊息給我，裡頭寫滿這兩天的回憶，我應該就不會認為這是一場夢了，但她卻毫無音訊。

隔天我到學校參加暑期輔導，跟我約好「明天見」的她卻不見人影。

難道連昨天說過的那些話也是在做夢？——正當我心裡浮現出這個想法時，才發現媽媽傳了訊息給我。

看來她好像住院了。

第五章

暑期輔導結束後一個禮拜，她才終於出院。
為了拍下她出院的樣子，我帶著相機準備出門，她現在應該還在醫院。
正當我穿好鞋子要出門時，聽見外面傳來車子停下的聲音，似乎有輛計程車停在家門口。
「我回來囉——！」
「打擾了……」
下車的是提早結束工作回來的媽媽。不知為何，那個人居然跟在媽媽身後，我本來待會兒就要去幫她拍照的說。
「哦？輝彥，你要出門啊？」
「不，已經沒必要了。」
「啊啊，你要去找香織啊。」
「咦！真的嗎！」
「不要反應過度，我只是一時興起，想把妳出院的樣子拍下來而已。」

「這樣啊，欸嘿嘿。」

「我就說只是一時興起……」

之前明明住院了，她看起來卻活力充沛的樣子。看到她的表情，我也鬆了一口氣。

這時，媽媽朝她招招手。

「啊，好！打擾了。」

起初踏進家門時她還有些客氣，不知不覺就變回平常那種態度，堂而皇之地在我家餐桌入座，吃起媽媽準備的午餐。回過神來，才發現我們已經單獨待在我房裡了。

「這裡就是你的房間啊——」

「別到處亂看。喂，搜床底下也搜不出什麼東西啦。」

「真的什麼都沒有耶。說好聽點是整齊，說難聽點是無聊。」

「那就別用難聽的說法，麻煩說我有打掃乾淨。」

「就算客人來得突然，我也不會帶他到自己房間參觀耶。」

她露出心滿意足的笑容，四處打量我的房間。小小的房間裡只放了書桌、床鋪和書櫃等最低限度的家具，她應該沒什麼興趣吧。

「啊，這個是！」

我才剛這麼想，她就盯上我放在書桌上的某個物品。
「啊啊，這個啊。」
讓她感興趣的正是她的照片，我把過去拍攝的檔案都洗出來了。
她將先前的照片全拿出來，還直接坐在我的床上。我不在意別人坐我的床，所以也在她身邊坐了下來。
「我把之前拍的照片都先洗出來了。」
「是嗎？謝謝你——」
我也還沒好好確認過實物，便跟她一起觀賞這些照片，應該有上百張。
「哇啊——每張表情都好僵喔。雖然我最近才慢慢習慣被拍，但剛開始在學校頂樓拍的這張照片，沒有夕陽的話表情一定難看死了。」
「我拍的方式也不好，畢竟我只想著要把妳拍下來。」
「雖然被別人拍的時候也是這樣，但一直盯著要拍的人，感覺很害羞吧。」
她說這些話的時候，表情看起來相當愉悅，可能是回想起以往那些拍照時刻了吧。
「對了……我也要給你看個東西。」
「給我看？」
「呵呵呵，住院無聊的時候，我實在太想見你了，就做了這個東西——！」

她發出「鏘鏘咚咚鏘～」這種神祕的怪聲，並拿出一本筆記。
「這是？」
「以後會被我珍藏的筆記本。」
「什麼意思？」
越來越聽不懂了。
「鏘鏘！」
她將筆記本翻開。首先吸引我注意的，是之前跟她去觀測天象時拍下的那張豪華合照。遠行回來後，因為她說想要這張照片，我就洗出來送給她了。那張照片上面還寫了一行字：**【跟你一起去看星星】**。
此外還有**【去你家玩】**、**【跟你一起去看星星】**、**【跟你在雲霄飛車上尖叫】**、**【說說看「老闆，老樣子」】**、**【去烏尤尼鹽沼】**這幾行字，每一行都是她的「心願」，也都預留了可貼一張照片的空白處。
「這些清單，是我想跟你去拍照的地方跟場景。」
她好像很喜歡去看星空時拍的照片，就設想了其他想跟我一起拍照的地點。
「不錯啊，想去哪就去哪，想幹嘛就幹嘛，很像妳的作風。但我應該要跟妳一起去吧？」
「那還用說！」

這些願望的前提都是跟我一起去的，她好像早就決定好了。行事被動的我不會強硬拒絕，就成了她的絕佳獵物。

「我不會強逼你同行啦。你在我身邊的話我會很開心，但還是要看你的意願，畢竟你也有自己的人生要過。雖然想請你幫我拍照，但地點不會太過強求。」

過去她老是旁若無人地說衝就衝，這真不像她會說的話。雖然對此有些在意，我還是只回答一句「我考慮一下」，就結束了這段對話。

之後我們繼續閒話家常，聊了彼此的家人，聽她抱怨女孩在學校裡的上下關係有多可怕，還把期末考結果告訴對方。沒想到她跟我的成績差不多，讓我震驚不已。

身為一名高中生，聊這些話題很正常，而且再自然不過了。照理來說，往後她應該也能繼續聊下去才是。

她想打電動，我們就玩了一會兒，玩著玩著太陽也慢慢西斜，我們才決定散會。結果我根本不知道她來我家做什麼，可能「來我家玩」本身就是她的目的吧。她的筆記上也有**【去你家玩】**這一行字。

為了填滿她的筆記，我們在房間裡並肩拍了張照。因為只是要貼在筆記裡的照片，簡單拍一下就可以了，所以就用她的手機來拍。
不是放在某處倒數幾秒拍的那種，而是用所謂的自拍模式進行攝影。為了讓兩人都塞進鏡頭裡，我跟她貼得很近，但不知是不是上次遠行時習慣了這種感覺，此刻的我居然心如止水。看我如此冷靜，她好像覺得很無聊，對我來說反而正中下懷。
為了送她回家，我走出家門。媽媽居然有點埋怨地嘟囔道「住一晚也沒關係啊——」，我完全不想理她。
「呵啊——玩得好開心喔。」
她誇張地打了個呵欠，卻心滿意足地點點頭。
「幸好有趕快拍下能貼在筆記裡的照片。」
「嗯！」
夕陽在我們身後映照著，將我們的身影拖得長長的。我過去從來沒有像這樣護送她回家，仔細想想，我老是被她牽著走，永遠不知道目的地是哪裡。
「其實我今天是有話想跟你說才來的，雖然有點難以啟齒就是了。」
她這麼說。走在前方的她，似乎在追逐自己的影子。
「妳都說難以啟齒了，我只覺得有不祥的預感。」
確實如此，我覺得自己還是別聽比較好，但我敢保證她還是會說出來。

「那要不要來個簡單的賭注？」

「賭注？」

「我想說的這些話，也包含了對你的要求。如果我賭贏了，你可以實現我的願望嗎？」

「……要怎麼賭？」

這時，走在我前方幾步的她忽然停下腳步，我也跟著駐足。

「來賭從下個轉角走出來的人是男是女，如何？」

「機率有五成啊，有點像薛丁格的貓。」

對現在的我們來說，從下個轉角走出來的人，可能是男性也可能是女性，要看了才知道真相為何。簡單來說，就只是單純賭運氣罷了。

「別說那些莫名其妙的話，選邊站吧！我就選你沒選的那一個。如果我贏了，你要答應我一個請求喔。」

她又重複了一遍。

我猜一定不是什麼正經的請求，但我很好奇她想說什麼，這又只是單純賭運氣，所以我也有機會勝出。如果我賭贏了，就用安全的方法問出她想說的話吧。

「……那，我猜是女的。」

「那我就猜男的。」

於是我們靜靜等候行人通過。正當我心想「難以啟齒的話到底是什麼」時，聽覺變敏銳的我馬上聽到轉角處傳來人的腳步聲。結果最先映入我們眼簾的竟是……

「……狗？」

我嚇了一跳。如果是貓就算了，沒想到現身的居然是狗。

隨後才出現一名女性飼主。

被兩個高中生盯著看，那名女飼主似乎有點驚訝，我連忙向她道歉。

由於第一個現身的人是女性，我覺得是我贏了，可是……

「哇啊！是喜樂蒂牧羊犬耶，好可愛喔——！」

她立刻對那隻中型犬有了反應。圓滾滾的眼睛跟看似柔順的毛髮，確實很惹人憐愛。

「不好意思，請問這隻喜樂蒂是男生還是女生？」

她不假思索地向飼主搭話後，似乎得到這隻狗是公狗的情報。

「但第一個走過來的人是女性啊？」

「你在胡說什麼，這隻可愛的喜樂蒂是男生啊！是我贏了！」

「妳說的是『走出來的人』耶。」

「太計較了吧——狗狗也是生物啊！是尊貴的狗狗大人。」

雖然我很想吐槽「妳是德川綱吉嗎」，但在罹患重病的她面前，我實在說不出口。

「所以這場賭注是我贏了。」

「……好吧。」

「我之前跟你說過吧，我只有你了。」

她怎麼忽然說起這些？看她低著頭猶豫下一句該說什麼的樣子，我想起前陣子跟她一起觀星時的事。

隨後，我馬上明白她說的這句話是什麼意思。該不會……

「因為我……喜歡你。」

我心中的猜測，從她口中說了出來。

「請你跟我交往。」

我有種時間彷彿停止的錯覺，但我周遭的景色依舊正常，似乎真的只是錯覺，就只有我一個人靜止不動，手腳動彈不得，也發不出聲音。

結果我的僵硬和她的緘默，營造出約莫一分鐘的沉默。

我下意識將右腳往後退一步，但我立刻發現，這個小動作已經對她造成了深深的傷害。

「哈哈、哈哈哈哈，我想也是。」

她雖然讓自己強顏歡笑，表情卻在下一秒立刻瓦解。

「呃，不是！」

我想說的是「我並不討厭妳」，但卻說不出口。如果她反問我「不討厭又如何」，我也無言以對。

「你看，我就是這麼任性。先前要你不准愛上我，我卻不小心喜歡上你了。」

她假裝開玩笑似地這麼說，但我覺得她不像在撒謊。畢竟她只會說些無聊的諧音冷笑話，比如膝蓋跟披薩，還有《廣辭苑》跟甲子園。

最重要的是，我不認為她會說這種可能傷害人心的笑話。至少相處至今，我不覺得她是這樣的人。

我只是因為她時日無多，沒辦法做出和她更進一步的選擇。

「……我是妳的攝影師，這是最重要的前提。」

「嗯。」

「所以我必須遵守跟妳的約定。因為決定幫妳拍照的時候，妳跟我說過『不可以愛上我』。」

我只能搬出這種藉口。

「嗯，嗯，說得也是！啊哈哈，對不起，我還真蠢，說了這些奇怪的話。」

無法回應她的心意讓我萬般懊悔。我明明知道她是真心的。

我不討厭她，反而很尊敬她，但我真的不願與她更進一步。愛上明知會失去的人，應該沒有比這更痛苦的事了。

她強顏歡笑的模樣讓人不忍卒睹，我的心被揪得更緊了。

「就算沒跟你打賭，我也能猜到這個結果啦。謝謝你送我回來！送到這裡就好了，拜拜！」

說完，她逕自離開了。

『像這樣眺望星空的時候，不覺得自己很渺小嗎？』

那天她雖然說了這句話，但她一點也不渺小。不選擇逃避，而是勇敢面對自己心情的人，怎麼可能微不足道呢？

像我這種毫無膽量和覺悟的人，才真的不值一提。

我根本不懂為她拍照的真正意義，也不懂她是抱持什麼樣的心情要求我替她拍照。

她的背影都已經遠得看不見了，我還是一時半會動彈不得。

現場只剩下杵在原地的我、懊悔的心情，還有傷害她的罪惡感。

「你跟香織怎麼了？」

一回到家，媽媽就開口問道。我本來想裝得跟平常一樣，但媽媽應該馬上就發現我不太對勁。

「沒什麼。」

「吵架了？」

「沒有。」

「被她討厭了嗎？」

「應該也沒有。」

「還是被她告白了？」

「……不是。」

「搞什麼，你要好好珍惜香織啊。那孩子的心思比外表還要纖細，很容易受傷的。」

我默默接下媽媽這句嚴厲的建議。

我決定先不洗澡也不吃飯，直接走回房間。我回到房間是為了思考她的心情、我的心情、跟她之間的關係，還有未來的事，結果卻徒勞無功。

「天啊……」

我看著自己的房間露出苦笑。

「居然能把什麼都沒有的房間搞成這樣。」

這裡到處都是她存在過的痕跡。

看著自己房間的慘狀，我回想起跟她相處的每一刻。光是多了她這個女孩子，平常寂靜的房間也能充滿笑聲。永遠聊不完的天、不絕於耳的笑聲，就算沉默偶爾降臨，也完全不覺得尷尬。

不知不覺中，我覺得跟她在一起好快樂。就算房間像被颱風掃過一樣，留給我的也只有愉快的回憶，沒有一絲憤怒。

「我只有你、了……」

事到如今，我才發現這是我該說的話。一定只有妳能讓原本不苟言笑的我，不由自主地跟妳一起笑起來。

我拿出手機傳訊息給她。還沒等到她的回覆，我就跑出家門。

仔細想想，這應該是我第一次主動聯絡她。

我驅車前往學校門口，我把她叫過來這裡見面。

外面的世界早已降下夜幕，若不仰賴路燈照明，根本看不清周遭的模樣。我在這片夜色中等了十幾分鐘，儘管沒回覆我傳送的訊息，她還是現身了。

「晚安。」

「晚安。」

我開口喊她，她的腳步和嗓音卻略顯沉重，眼角泛紅，手腳也微微顫抖。但她還是將先前給我看過的那本保存回憶的筆記緊緊摟在胸前。

「謝謝妳願意出來。」

「忽然收到你的訊息，我嚇了一跳。」

看她失落沮喪的模樣，我也變得有點失常。雖說她總是能逗笑我，但那是她平常的笑容使然。我真想看看她的笑容。

「機會難得，要不要去晚上的學校裡走走？」

「這提議很不像你耶。」

她的嗓音果然還是有些沉重，卻覺得有趣似地抬起頭來。

「嗯，偶爾換我帶妳去繞繞也不錯啊，對妳來說一定是很棒的回憶。」

「……是嗎？那就非去不可了！」

這時她的表情終於和緩了些。我爬上校門，盡可能不發出聲響。

我心想：要是被發現擅闖校園，一定不是被罵幾句就能了事，搞不好還會遭到停學處分，但我們還是成功闖進了學校。真沒想到為了討她歡心，我會做到這種地步。

「頂樓的鑰匙……」

她從懷裡拿出鑰匙得意洋洋地秀給我看，彷彿看穿了我的心思。這樣待會兒要去的地方就決定好了。

好像還有老師留在學校，校舍玄關大門是開著的，於是我們靜悄悄地走進校舍。

「呵呵，感覺好刺激喔。」

杳無人煙的安靜走廊上迴盪她的聲音。此處的照明只有標示滅火器的紅色燈光，而這抹紅色加深了我的忐忑。入夜後的校園比想像中還要嚇人，她卻踏著輕快的步伐漫步其中。

「妳不怕黑？」

「哪有，我超怕的！我覺得遊樂園的鬼屋很恐怖。」

「現在不怕嗎？」

「不怕呀，因為你在我身邊。」

「……」

她居然說得出這種肉麻兮兮的話，我對她說話就沒辦法這麼直接。

我們繼續往頂樓前進。

「到啦——！」

一打開頂樓的門，眼前就是夜晚的街景，還能看到住宅區的零星燈火跟模糊的星空。

「我第一次晚上到頂樓來，視野真不錯。」

「我是天文社的，所以來過好幾次。」

這片景色對她來說或許司空見慣，在我看來卻十分美麗。

「星星也不太明顯，但還是看得見。」

「嗯嗯，看得到唷。有天津四、牛郎星跟織女星……」

她跟之前去觀星的時候一樣，一個個指給我看。

「夏季大三角？」

她指的織女星在淡淡的星空中綻放出閃耀光芒。她也轉頭看著我笑了笑，彷彿要跟織女星對抗似的，雙方展開了一場耀眼的對決。

「妳是不是覺得，在頂樓也能看到更多星星就好了？」

「對啊，我好想在學校頂樓看到當天那片星空，感覺一定很棒，但是沒關係。」

「是嗎？」

「喏，你看。從這裡能看到的眾多燈火，都是人們的生活。雖然街上的照明害我看不見星空，但我認為每道光都是大家散發出來的光芒，所以也算是一幅美景。」

說完，她勾起一抹溫柔的微笑。

「妳說得沒錯。」

懸在天上的織女星，應該也在用她這般溫暖的笑容，守護人們的生活百景吧。

「因為你願意注視真正的我，我真的很想把你占為己有，所以才會說喜歡你。」

她繼續說道。

「其實啊，旅行回來住進醫院後，我看到醫生跟爸媽說了些什麼，爸媽還哭了。一定是覺得我時間不多了，才會心急如焚吧。」

她的嗓音聽起來雲淡風輕，但她的表情就像不願被現實擊垮那般，拚命努力不讓自己低頭。

「我的身體一定得仰賴別人才能活，所以我老是依賴著媽媽、爸爸、哥哥、醫護人員，還有其他人的幫助，還得靠輸血才能繼續活下去。所以為了讓這些人多少能笑一笑，我總是帶著笑容，但我現在越來越不明白了。」

「……」

「為什麼我在笑？為什麼我笑得出來？隨時都會死的人居然還能笑，這不是很奇怪嗎？我越來越搞不懂這樣的自己了。」

這是藏在她內心最深處，從來沒有傾訴過的感情。她害怕的不僅僅是面對死亡，還有因為生病而逐漸改變的自己。

「可是你不一樣。那天，就是下雨的煙火大會那天，你不是拿相機對著我嗎？你的視線確實落在我身上，就只看著我，這讓我非常開心。」
她接連說出這些從來沒對其他人說過的想法。
「跟你有了交集後，我就更加確定了。只有跟你在一起的時候，你在觀景窗後面的眼神，以及毫無顧忌的每一句話，都是對綾部香織這個女孩做出的反應。在你的鏡頭之下，我總是笑得好開心，根本無暇思考自己為何而笑。所以我真的好想占有你，都已經快死了，我卻還是充滿獨占欲。」
隨後，她頓了一會兒才說：
「我再說一次，我喜歡你，喜歡得不得了。」
我在幾小時前也聽她說過這句話，但她卻沒有像剛才那樣說出「請跟我交往」了。
「我……」
我已經想好要怎麼回答她了。
「我是妳的攝影師。」
「嗯。」
「所以就像我剛剛說的，我不能喜歡上妳，因為這是約定。」
她的視線直盯著我。她應該很想摀住耳朵不聽，卻依舊不逃不躲。
所以我也要好好面對她。難以啟齒的話語、無法回應的不甘，還有她這個女孩子，我都不能逃避。

「啊哈哈，徹底被甩了啊——」

「可是。」

「……」

「我想待在妳身邊。」

「咦……」

「我想待在妳身邊。妳的想法和發言老是超乎我的想像，但我每次都能在妳身上學到很多，覺得跟妳在一起很快樂。所以，我想待在妳身邊。」

我指著她一直小心翼翼抱在懷裡的筆記說：

「而且妳不是還想去好多地方，讓我為妳拍照嗎？」

「……你這個人也很自私耶！」

說完，她往我的肩膀猛捶一通，捶完之後似乎也氣消了，只見她將微微泛紅的臉轉向我。

「你要陪著我喔！要一直待到我死為止，我還要讓你後悔莫及，沒跟這麼棒的女孩子交往！」

「還請妳手下留情。」

「我要讓你陪我走遍這本筆記上寫的所有地方！」

「嗯，那當然。」

「……在我死之前，我一定會一直喜歡你，這樣可以嗎？」

「這是我的榮幸。」

「你一定要遵守約定喔！」

「我知道。」

可能是對我的回答心滿意足了吧，她勾起一抹前所未有的幸福笑靨。

「那你永遠都是我的專屬攝影師！」

最後我們沒被老師發現，默默離開學校。

夜已深，時間也不早了，我提議要把她送到家門口，卻被她拒絕。今天她出院，家人似乎都在家裡等著她，要是家人看到我就麻煩了。被她這麼一說，我也只能作罷。

「下次見。」

「嗯，下次見。」

「我想去的地方太多了，要去的時候再跟你說喔！」

「我想做好準備，能不能提前跟我講一聲？」

「我會看著辦。」

看來我可能得做好萬全準備，以便隨時出發。

說完，我就轉身離開了。

回到家後，我想著她，以及從今往後的一切。

雖然不能跟她變成情侶關係，但我已經決定不再逃避她了。

我要替她拍照。

我好像能理解爸爸的心情了。

爸爸曾說拿起相機的理由是讓人們露出笑容，但我沒有更深入地思考過，為什麼他要選擇這個工具。

爸爸一定是為了將人們笑著的樣子留到之後，才會選擇相機吧。就算患者過世了，他們的笑容還是能留下來。

一定還有我能為她做的，還有我想對她做的事。

畢竟只有我能將她最耀眼的瞬間拍下來。

雖然覺得痛苦，但我更想將她的一切保存下來，這是我由衷的想法。

我要把她的身影帶到未來。

我已經下定決心，要拿著相機到她臨終的那一刻。

「我要拍下妳的遺像。」

第六章

結果兩天後我就被她叫出來了，這個暑假她可能一秒都不想浪費。

她似乎想充分利用暑假期間，把想去拍照的地方全部走過一輪。

我們首先前往遊樂園。雖然我以前只跟家人來過一次，事前對此幾乎一無所知，但至少也聽過這座設施的名字。這個遊樂園就是這麼有名且受歡迎吧。

「哇啊——沒想到這裡這麼搶手耶。」

「居然連一天空房也沒有。」

總之我們來到這個附設直營飯店的遊樂園，隨口問問預約狀況，才發現到八月中都沒有空房。

所以為了轉換心情，我們決定玩遍設施內的遊樂器材。

「天啊，太多人了吧。」

「我無法理解，為什麼區區幾分鐘的遊樂器材得排一個小時？這樣大部分的時間都在排隊嘛，根本算不上是娛樂設施。」

「那也未必吧。雖然我也不常來，但我覺得如何把等待時間玩得開心才重要。」

「在娛樂設施還得自己找樂子，本末倒置了吧。」

「唉唷，別這麼說嘛，享受這個跟現實截然不同的世界觀才是最重要的。欸，有機可乘！」

忽然響起一個快門聲。她的手機裡應該留了好幾張我的照片吧，她好像常常趁我不注意的時候拍照。

「但這或許是個好機會。」

可能經常有年輕人和家庭來玩吧，這裡設置了許多拍照景點。而且如她所說，背景都充滿奇幻世界的感覺，可說是絕佳的攝影地點。

「哦哦！上去了上去了！好酷喔！」

「嗯，是啊。但既然上去了，就表示遲早會掉下來。」

「呵呵，這才是樂趣所在啊。你有懼高症？」

「有點怕。」

「我想也是，感覺得出來。我就很喜歡高的——呀啊啊啊啊啊！」

妳應該很喜歡高的地方吧——彷彿要將我這個想法和她說的話打斷似的，我們乘坐的器材終於急速下墜。

我害怕地緊抓著手邊的握把，而她雖然大聲尖叫，卻笑容滿面地高舉雙手。

因為取了「地心歷險」這種誇張的名字，設施的速度也很誇張，時速居然有七十五公里。沒有任何遮蔽物可以抵擋迎面而來的風，就這麼失速下墜，當然很恐怖。

因為太可怕了，我沒發現什麼時候被拍了照，但好像是在下墜時拍的，於是我們毫不猶豫地買了那張照片。

照片中拍到了截然不同的兩種形象，分別是開心笑著高舉雙手的她，以及拚命抓住手把，強忍恐懼緊閉雙眼的我。對我來說，這張照片實在算不上有趣，但看到她滿足的表情，我卻覺得這樣也不錯。我可能漸漸習慣她的步調了吧。

「這樣妳的清單就完成一項了。」

「嗯，對呀！謝謝你！」

但她似乎還不滿足，結果之後我們又下墜了四次。但第四次下墜結束後，我馬上舉起相機，成功拍到她自然的笑容，我就不計較了。

「呼哇，我累了——」

「我都要產生心理陰影了。」

「這會變成我活過的證明呀。」

「別用這麼正向的方式解讀好嗎？這是妳留下的詛咒啦。」

連續挑戰幾項遊樂器材後，我已經出現暈車的症狀，她也玩累了，我們便就近找了餐廳進去。雖說是「就近」，但也就是園內的餐廳，氣氛跟價格果然跟家庭餐廳大相逕庭。

「我已經站不起來了，好涼啊——這個空間把我變成廢人了——」

「我也是，我再也不想動了。」

雖然剛剛玩的遊樂器材屈指可數，但因為花了很長的時間排隊，天色早已昏黃，疲勞和飢餓也讓我們瀕臨極限。我們都渾身乏力，拚命讓自己休息。

「啊，對了。」

「我累了，可以之後再說嗎？」

「我根本還沒說耶！」

「妳要說的話跟要做的事，一定會讓我累得半死。」

「這話太過分了吧——但這次真的不會給你添麻煩啦。」

「給你添麻煩」似乎才是重點。回過神來，她已經將店員叫過來了，似乎想點些什麼。

「老闆——！老樣子——！」

「這個人不是老闆吧。」

這句台詞應該要在酒吧說吧。但她好像根本不在乎地點，還露出十足滿意的笑容。

「沒差啦。」

店員一臉困惑。這個知名遊樂園雖然相當致力於員工教育，但碰上她這種意想不到的客人，好像也不知如何應對。

看到這位被她逮到又頻頻出難題的店員，我雖然覺得可憐，但這也是為了讓她開心。店員變成她的獵物後，我就負責把瘋狂刁難的她拍下來。

她的願望筆記正在逐步完成。

幾天後，我們出了遠門。

她雖然提出「想去烏尤尼鹽沼」這種不合理的要求，但兩個高中生實在沒辦法遠渡重洋前往地球另一端。於是我提議不如改去國內的觀光景點，她也爽快地答應了。

她的父母應該想讓生病的女兒活得自在些，對她這旁若無人的個性十分寬容，應該算是助紂為虐的程度了。我媽也是，只要提到她就會點頭同意，最後我們根本無須擔心旅途的任何花費。

這麼說來，我也能明白她過去那種令人費解的揮霍方式了，看來這就是原因所在。

「我第一次來四國耶！」

「我也是。雖然有去過北海道和九州，但也是第一次來四國。」

我們一早就搭乘新幹線西行，再從西方的大城市轉乘客運前往四國。

因為起了個大早，又經歷了目前為止最長的移動距離，搭上新幹線時，她雖然因為萬分期待而不斷釋放充斥全身的活力，但這股氣勢在開往四國的客運上就逐漸平息。我揉揉眼睛，而她早就開始打盹了。

仔細想想，這是我第一次看到她的睡臉。之前跟她外宿時，我的良心曾因為要不要偷看她的睡臉而有過一絲掙扎。我心想「不能錯過這個機會」便立刻拿出相機，萬分謹慎地按下快門，以免將她吵醒。她平常看著鏡頭的樣子很上相，但這種自然無瑕的模樣也能體現出她的風格。

拍了幾張她的睡臉後，我這才想到要是她發現了應該會大發雷霆，於是作罷。

或許是因為我動了幾下，熟睡的她重心往我身上傾倒，頭直接靠在我肩上，我卻沒打算把她推回去。

我跟她緊緊相貼，甚至能聞到她髮絲間傳來洗髮精的清爽香氣。我的膽子還沒大到可以在這種情況下陷入夢鄉，但稍有動作可能就會把她吵醒，於是無事可做的我也跟著閉上眼睛。

我們隨著客運一路搖晃，慢慢往目的地移動。

「快到了喔。」

我說完後，睡醒的她用模糊的視線看了看窗外。隨著海景浮現，她原先的惺忪睡眼也跟著睜開。移動時間約莫八小時，我們期盼的景色才終於顯露而出。

「哇！」

「嗯……」

下車處鄰近岸邊，看到眼前的光景，我們同時發出讚嘆。

橘紅色的太陽盤據在遠處可見的島嶼後方，反射於平淺海面上，目光所及之處成了晚霞映紅的世界。

「欸欸，我們趕快去沙灘那裡看看！」

「好啊。」

此處真不愧有「日本烏尤尼鹽沼」的美稱，雖然也能看到其他觀光客的身影，但相對來說還是十分空曠，不必太過在意。

現在也幾乎無風無雲，對追求這片景色的我們來說，這個地點實在太理想了。

走近因退潮而顯露在外的潮間帶後，堪比鏡面的清澈水面將所有映於其上的事物悉數反射，甚至讓人誤以為這裡是不是我們跟另一個世界的交界。

她玩起讓自己倒映在水面上的遊戲。

「怎麼樣？花了半天來這裡值得吧？」

「嗯！太漂亮了！」

她似乎找回了早上的活力，像跳舞般在反射的水面前轉個不停，彷彿要用全身表現出這份喜悅。

「那就好，我也很慶幸不必跑到玻利維亞去。」

「玻利維亞？」

「地球的另一側，烏尤尼鹽沼就在那裡。」

真要去玻利維亞的話，就不知道得花多少時間在交通上了，可能是這次的幾十倍。但未來若真能成行，跟她一起去地球另一側看看倒映著世界的景色，或許也是不錯的選擇。

「不過，跟妳出遠門的時候天氣都很好耶，看星空那次也是。難道妳是晴天女孩嗎？」

「這一定是神明的憐憫啦。祂把我的壽命縮短，轉而讓我在其他地方無往不利。」

「好任性的神明。」

「那天能在天時地利人和的狀況下跟你相遇，也是神明的安排。」

「……」

她居然認為人與人的相遇也是神明的憐憫，我覺得有點感傷。如果是她的話，就算走上另一條道路，應該也會強行和我搭上邊。我很慶幸能遇見她，因此希望這場相遇至少是她有意牽成的。

「認識我之後，你會覺得很麻煩嗎？」

「不會，我很慶幸能遇見妳。」

聽我這麼說，她的眼神有些動搖。

「咦？啊、啊哈哈哈……你怎麼忽然這麼坦率啊——」

她馬上變得溫順又可愛。我實在很不會應付這種甜蜜又尷尬的氣氛，對她這種容易附和對方的人就更沒轍了。

「好啦，都花半天來這裡了，來拍照吧，拍到滿意為止。」

「嗯，也是！」

我站在岸邊拿起相機。不能忘了我和她之間的關係，只要這台相機還在，我跟她這段曖昧關係就能繼續下去。

我重新設定彩度，將暮色調到接近實際色彩後，先按一次快門。

以夕陽為背景的橘紅色世界倒映在潮間帶之上，此情此景只能用夢幻二字形容，但她的表情卻因為逆光看不清楚。

「剛剛拍的照片，妳看如何？」

我想知道她的感想。過去我總以為攝影是跟自己的技術較量，遇見她之後我才學到，攝影是和被拍攝者共同創造的產物。

天空和地表映射出微微暈散的夕陽和充滿躍動感的雲彩，確實帶著一抹攝影作品的藝術性。她這位模特兒的表現最近也越來越像樣，呈現出絕妙的風采。

「嗚哇，好厲害喔。」

「但沒拍出妳的表情。」

「沒差吧，這張很漂亮啊。」

「一般攝影師可能覺得沒差，但我是妳的攝影師，要把妳拍清楚才有意義。」

聽到我嚴肅的嗓音，她驚訝了一瞬，最後還是同意地回答：「說得也是。」

我暫時放下相機，因為她說也想用自己的手機拍一張，我就教她一些訣竅，可以把夕陽拍得好看些。最後我跟她也拍了張合照，這已經是既定流程了。

在夕陽完全西沉之前，我們不停為這個夢幻世界留影。

「我──累──了──」

「畢竟最近一直出門嘛，累積了不少疲勞。」

拍完照以後，我們想休息一會兒，飯也沒吃就飛快衝回飯店辦理入房。為了拍攝她那本筆記上寫的夜景，我們選了價格和樓層都滿高的房間。

房間都這麼貴了，得訂雙人房才行，不然會花很多錢耶——最後我被她這一流的話術說服，訂了雙人房。雖然床只有一張，所幸還有高級的沙發，睡眠倒不成問題。

我還在觀察豪華的室內擺設時，她就一溜煙衝進浴室，把我留在這個偌大的房間裡。可以的話，我也想早點洗澡，但現在還是秉持淑女優先原則，把浴室讓給她吧。

她在洗澡的時候，沒事可做的我便去飯店附設的超商買點小東西吃。早上可以在飯店享用自助餐，今晚就忍耐一下超商的食物吧。

「好舒服喔～飯店的浴室好豪華！」

一回房間，我就看到她剛洗完澡的模樣。她摸著還沒擦乾的烏黑秀髮眺望窗外景色，身上只有一件單薄的衣服。

她背對著我，全身上下只有「毫無防備」四個字可以形容。難道她沒什麼貞操觀念嗎？神明忘了給她運氣和對抗病魔的抗體，但除此之外可能也漏了不少其他的東西。

「哦哦，你買了什麼回來——？」

她瞄了我一眼，充滿興趣地問道，可能是看到我左手拿的塑膠袋了吧。

「簡單的晚餐，今天就吃這些忍一忍吧。」

「謝謝你特地跑一趟。」

但她其實有點心不在焉。

她再度將視線移向窗外，不知為何，那瘦弱的背影看上去有些落寞。

「欸，我現在很幸福呢。」

她盯著窗外景色這麼說，看都不看我一眼。

「可以看到海的夜景，原來這麼寧靜又美麗。因為能跟你一起欣賞，我才覺得幸福。」

「……」

「如果是為了跟你共享這片景色才會生病，我也能釋懷了。我現在就是這麼滿足。」

她說的這句「滿足」太過悲傷，聽起來就像「已經別無所求了」。

「我覺得不能因為這點小事就釋懷吧。」

這種隱含一絲絕望的說法真不像她。

「妳之前不是說很討厭神嗎？」

「是沒錯，但要是我沒生病就沒辦法遇見你了，所以我還是要挺起胸膛說『現在的我才是最幸福的』，挺起我這對自豪的胸部。」

她穿得很少，害我沒辦法把視線放在她身上。

「妳是不是得了沒辦法好好說話的病？」

她的玩笑話中總帶了些體貼。我雖然嘴上虧她，卻也能感受到她這樣是為了不想讓我感到尷尬。

「搞不好喔！完蛋了，我身上居然有這麼多病！」

說完，她回過頭來，我則算準時機按下快門。她好像知道我拿相機對著她，臉上綻出一抹笑意，身後則是無垠無涯的廣大夜海。

「啊！這裡也看得到星星耶！」

「果然只要建築物燈光一少，星空看起來就會比都市裡更漂亮。」

「嗯嗯……啊啊，我也好想變成星星喔。」

她望著漆黑彼方傳來的光芒，如此喃喃自語道。

我已經知道這句話是什麼意思了。因為跟死亡只有一線之隔，她才會許下這個願望。就算她再怎麼說自己很滿足、很幸福，現實都一樣殘酷。

我不禁心想：與其變成在後世也能綻放光采的星星，我更希望她能永遠在我的鏡頭下，當個閃閃動人的模特兒。

「織女星跟牛郎星也看得很清楚耶，那是我們的星星喔。」

「我可不是那麼閃亮的星星，我沒這麼自戀。」

「那我就繼續等待，直到你變成牛郎星為止。」

沒有未來的她說出「等待」這個詞，感覺很不自然。

焦躁無比的感受在我心中逐漸積累，重重壓在我胸口的這股陰暗情緒，將我的意識和思考盡數掠奪，一點也不剩。

她說的話在我腦子裡轉個不停。她打算在什麼地方等待我呢？

一思及此，我就被焦躁感沖昏了頭，將她的身子用力扳向我。這種粗魯的態度實在不像我會做的事。

「……」

「……」

沉默瀰漫在我們之間。我從這股沉默中看清了她的神情，更加深我心中的不安。她嚇得瞪大雙眼，眼神充滿困惑，其中還隱含了些微的恐懼。

「……怎麼了？」

「抱歉。」

我立刻放手。我剛剛到底想做什麼？我的思緒完全跟不上自己的行為。

「等一下，你是攝影師耶，怎麼能違反約定呢？啊，難道你情不自禁想吻我嗎？」

她雖然刻意開了點玩笑，我卻一聲不吭。

「說點什麼嘛，這樣我很像怪人耶。」

「……我很害怕。」

「嗯？害怕什麼？」

「今天的妳有點怪。不，我一直覺得妳很奇怪，但我想說的是，今天連已經習慣妳這個人的我都覺得奇怪。」

「你居然趁機說了這麼過分的話。」

今天的她一反常態，感覺好脆弱。

她在外人面前總是會裝出笑容，此刻卻時不時露出這種判若兩人的表情，一點也不像她。

可能是我想太多，也可能只是因為這趟路太遙遠讓我變得膽怯，但我心裡實在惶恐不安。

「……我說妳啊。」

「怎麼了？」

「妳還不會死吧？」

我忍不住將最在意的事情問出口。

人終有一死，雖然我跟她都逃不過這個結局，我還是不希望她離開人世。我沒辦法想像失去她的日子。

「……呵呵，放心吧，我還不會死。」

「真的嗎？」

「嗯，真的。我雖然很任性，但也不會說死就死，所以你大可放心。」

儘管只有一瞬，但我確實看見她低下了頭。

我第一次不相信她說的話。

「……是嗎？那就好。」

「你在擔心我嗎？」

「還好。」

「唉呀——真不坦率。」

我還沒替她拍出最好的照片，雖然這也是原因之一，但除此之外，就算撇除攝影這個因素，我也還是不希望她離開。

在那之後，我們將買來的超商晚餐吃完，我就去洗澡了。期間她可能有點想睡了，就獨自霸占雙人床，舒舒服服地在床上休息。

「幸好今天有如妳所願拍出類似烏尤尼鹽沼的照片。這樣妳的清單又完成一項了。」

「……嘶……呼……」

她用感覺相當舒適的鼻息回答我。雖然她總是活力充沛的模樣，卻罹患重病，得比常人加倍留意身體狀況。這樣的生活一定讓她累得喘不過氣吧。

如果她的筆記清單全數完成後，我跟她又會是什麼結果？

她說起有些愉悅的夢囈，我則為她蓋上棉被。真虧她能在這麼毫無防備的姿態下睡著啊——我心中浮現出些許感佩時，她忽然抓住我的手臂。

「……不要離開我喔……」

「……妳才是。」

我把這句話也當成夢話，直到那隻纖細小手的微弱力道逐漸消散之前，我都陪在她身邊。我輕輕握住她那比我小一圈的手，在心中祈禱她能做個好夢。

從外地回來後，我們也一直在拍照，地點當然是她想去的那些地方。雨天去水族館，晴天去動物園，就算是陰天或風大的日子，我們還是會約出來見面拍照。回過神來，暑假也已經過了一半，她幾乎寫滿了我高中二年級的暑假回憶。

為了再次出遠門，我們約好要一起籌備細節。當天早上我正在等她時，卻收到她傳來的訊息。

她似乎被告知要以檢查的名義再次住院一週。

我沒知會她一聲就跑到醫院去，很快就找到她在哪一間病房了。她沒告訴我是在哪間醫院，大概是覺得這樣也無所謂，太小看我了吧。我媽是負責照顧她的護理師，就算不知道她住哪間醫院，我好歹也知道媽媽在哪裡上班。

這是我第一次去醫院探病。

跟她有了交集，應該說被迫有交集之後，雖然才過了一個半月，但可能因為盡是些令人印象深刻的回憶，我有種跟她相處了更久的感覺。然而，她過去很少在我面前表現出生病的樣子，所以我一直在猶豫要不要去探望她，如今卻已經來到這裡了。

我敲敲上面寫著「綾部香織」的房門。

「請進——」

她那一如既往悠悠哉哉的回答，稍稍舒緩了我有些緊繃的心情。

「我來看妳了。」

「……我好像沒跟你說過是哪間醫院耶？」

「我至少也知道媽媽的工作地點吧。」

「啊——！又是智子小姐喔！」

畢竟我是從媽媽口中得知她生病的事，她怎麼會覺得能不被我發現呢？這想法才是錯的吧。

之後她雖然又碎唸道「既然要來就提前跟我說一聲啊！」但我把帶來的果凍

拿給她看後，她馬上就安分下來。那個樣子像極了看到飼料在眼前就百依百順的狗，感覺有點好笑。

我走向她的病床，把果凍交給躺在床上的她。

「狀況怎麼樣？」

「嗯——應該還好……這什麼啊，太好吃了吧！」

「我好歹是基於擔心才來看妳的，妳卻什麼都不肯告訴我嗎？」

這個高級果凍是前些日子收到的中元節禮品。她對果凍興奮不已，把我的問題擱在第二順位。

「因為沒什麼好說的啊，檢查還沒做完，結果也還沒出爐嘛。對了，你也吃吃看這個果凍啊。」

原來是這樣啊，看樣子我來得不是時候。

「真的耶，好好吃喔。」

「對吧——？」

這明明是我帶來的禮物，她卻說得像是她的東西一樣。

我的手自然伸向麝香葡萄口味，她則拿了巨峰葡萄的，看來我們的想法一樣。

「好想再去吃水果看星星喔。」

「是啊。」

「還得去看冬天的星空才行。」
「冬天應該沒有葡萄了。」
「啊，是嗎……？」
「冬季水果應該是橘子跟草莓吧。」
「草莓！」
她可能很愛吃草莓吧，反應相當熱烈，還從手邊的盒子裡拿了草莓口味的果凍。
「但草莓的盛產期其實是四月左右。」
「是嗎？」
「嗯，好像是因為聖誕節需求大增，才用溫室栽培，硬是把它變成冬季水果。」
「現在的技術連盛產期都能改變啦？但這也沒辦法，沒放草莓的奶油蛋糕感覺很空虛嘛。」
她將草莓果凍放進嘴裡，嘆了一口氣。
「要是現在的技術也能把我的全盛期提前就好了。」
「這話還真驚人。」
「因為女人的全盛期大概落在二十到三十歲之間吧——？我又沒辦法活到那個時候，所以才想在死之前嘗嘗成熟的滋味。十年後的我一定是個前凸後翹的性感姊姊！」

這句無心之言讓我看清了現實——她註定沒有未來的現實。

但我若因這個現實而傷感，應該不太合理吧。現在的她就算像這樣臥於病榻也依然面帶笑容，那我也該微笑以對，否則就沒資格站在她面前了。

「真令人期待。」

聊到未來的時候，她的表情偶爾會浮現一抹哀愁。讓沒有未來的人談論未來實在太殘酷了，但我決定視而不見，因為她應該也希望我這麼做。

「你應該沒什麼變。」

「說什麼傻話，我一定會變成聰明絕頂的男人。」

什麼啊，笑死人了——看她笑著這麼說，不安之情似乎緩緩消失在我的內心深處。

之後我們又閒聊了一會兒，她把我帶來的果凍幾乎吃光後，閒談就告一段落。

「欸欸，你不必再來看我了。」

「……幹嘛忽然說這種話？給妳添麻煩了嗎？」

「不是啦，但這樣我會很困擾，應該說很難受。」

「這樣啊，抱歉。」

「不用道歉啦……我只是覺得忍耐太難受了。你走出病房之後，我一定又會馬上想你，感覺很難受。就算你來見我，我也得克制自己不要對你任性，感覺也很難受。所以你不准再來了。」

難怪我覺得她今天比較安分，原來是這樣。

她那落寞的神情映入眼簾後，我馬上拿出相機。

「咦？幹嘛幹嘛！」

「我是妳的攝影師，就要把妳的各種表情拍下來。」

說完，我便按下快門。

「妳平常都笑嘻嘻的，很少露出落寞的表情，我覺得一定得拍。」

「不要拍這種表情啦——！我又沒拜託你拍這種照片！」

她把臉埋進雙臂之中，我卻不以為意，繼續按下快門。

「我想拍。」

「咦……？」

「我想把妳不一樣的表情拍下來。」

她一臉茫然，卻沒有打斷我的話，繼續聽我說。

「我這個人一直很被動，為了配合妳的霸道蠻橫，我總是被妳牽著走，被動的程度又更上一層樓。但我卻自發性地湧現想要拍下妳的念頭，這就是我現在的想法。」

「你為什麼……」

聽到這句不像我會說的話，她難掩心中的動搖，所以我乘勝追擊繼續說道：

「我一定會活到八十歲。」
「咦？」
「我打算至少活到八十歲，活到那把年紀後，行事被動的我一定也會變得任性妄為，就像現在不顧妳的心情也要拍照一樣。」
「……嗯。」
「所以，如果妳真的會馬上離開人世，就在這段期間把本來能活的幾十年份的任性全說出來吧。就算我能活到八十歲，可能也敵不過妳這十七年的任性，但妳可以在剩下的時間內，把將來會加諸於某人的麻煩全部用在我身上。」
「……真的可以嗎？」
「嗯。就算被妳討厭的神明不允許，被妳告白的我說可以就可以。至少妳可以給我添麻煩和對我耍性子。」
聽到我這種誇飾的說法，她雖然目瞪口呆，臉部的皺紋卻逐漸加深，開心地笑了起來。
「呵呵呵，什麼嘛！啊哈哈哈哈！」
「總之就是這樣，妳不適合『忍耐』這兩個字。」
「我也有自覺啦——！」
「幸好妳對自己還有認知。」

「那我就說出第一個任性的要求囉！」

「是什麼？」

「從今天算起的一個月後，會出現不合時節的流星雨，一起去看吧。」

「我會積極考慮。」

我將她的笑聲留在身後，這次真的要離開病房了。

「天野同學！」

她好久沒叫我的名字了。

回頭一看，只見她露出滿面笑容。

「我最喜歡你了！」

還說得這麼篤定。

「之前就聽過了。」

「嗯！出院之後，我會第一個衝去見你！」

聽完她的宣言後，我便走出病房。我心想：剛剛那個笑容才應該要拍下來，但不知為何，我卻覺得把那個笑容留在照片裡有點浪費。

一個禮拜後，到了原先說好要出院的那一天，她沒有來找我。

第七章

在她本該出院的那一天，得知住院時間又延長兩週後，我灰心極了。只是檢查期間延長而已——雖然是透過電話聯繫，但聽到她本人這麼說，我沒有太過擔憂，但也不能說是完全放心。

我懷著忐忑不安的心情，原本為了跟她見面而騰出的時間也空下來了，決定將過去洗出來的那些照片整理一下。

從在頂樓拍的第一張照片，到飯店那張以夜海為背景的照片，粗估也有三百餘張。我跟她一起構築了這麼多回憶啊。

「遺像……」

若想將她的身影保存下來，這就是我該做的事，但要從中選出遺像實在不太容易。

就算想得出曾經愉快的回憶，我也想不到哪張照片適合當遺像。

剛開始照片的風格有點僵硬，隨著時間經過也變得越來越自然了，但那些並不是她的遺像，全都是我隨手拍下的即景。單純以模特兒的角度露出微笑、用餐時的幸福模樣，以及憨傻的睡臉，每張照片都完全不符合遺像的定義。

對我來說，所謂的「遺像」應該是她聯繫到未來的身影。這種充滿日常感的表情或有意識被拍下的照片或許也不錯，但我還是覺得不太一樣。

她的照片跟我認知中的遺像有出入。雖然沒辦法用言語說明白，但我無法自信滿滿地說這些照片就是她的遺像。

我為此苦惱不已，不知不覺陷入了夢鄉。

我的手機在靜謐的房間裡響了起來，我才發現自己睡到現在。

「喂？」

『……』

對方沒有回話，頓時讓我有些疑惑。結果那個熟悉的嗓音，卻以著不熟悉的音調從電話那一頭傳了過來，撼動了我的鼓膜。

『……好難受，我覺得好難受，你快點過來！』

是她的聲音，彷彿被焦躁感所驅使一般，發揮出比鬧鐘還要驚人的效果。

儘管是白天人聲鼎沸的主要城市，到了換日時分也幾乎見不到人影。雖然從路上空無一人也能看得出來，但看到有時間顯示的巨大摩天輪，也能知道日期早已更迭。

我騎著車，在深夜的街道中全力奔馳。

她就坐在車站前的長椅上。

雖然已經入夜，卻因時值盛夏而無一絲寒意，可她還是穿著長袖。

「怎麼了？」

「我好難受。」

我冷不防開口問道，她也不見驚訝，就只是低著頭。

「出什麼事了嗎……？」

第一個問題是她為什麼把我叫出來，第二個問題是關於她的病情。

「我好想你。」

她將視線轉向我，那雙眼裡充滿了跟我見面後湧現的安心感。

「我好想你，卻又見不到你，所以我好難受。讓你偷偷潛進醫院感覺不太好，我就跑出來外面等你。」

「妳就因為這點小事偷跑出來？」

「嗯，沒錯。」

「……唉。」

我愣在原地。我還以為是她身體出了什麼狀況，才拚命趕過來的。

「不要嘆氣啦——！」

「那妳就不要讓我嘆氣啊。」

看來我的想像只是杞人憂天罷了。

「那就回去醫院吧。」

「咦？不要啦，難得能見你一面耶。」

「半夜偷跑出來還是不太好吧。」

「嗯——我是不知道好不好啦，但現在就分開，如果我明天死掉的話，你一定會後悔的。」

「……」

「重要的是當下想做什麼。我想跟你說話，跟你在一起，你呢？」

「……在附近走走吧。」

她說得沒錯。在判斷「好不好」的這個時間點，事情都已經發生了，重要的是她現在想做什麼。

漫步在無人無車的空曠大馬路正中央，我忽然覺得這個世上只剩我和她了。彷彿獨占夜晚的整條大街，有種莫名的悖德感。

「欸欸，你今天有帶相機過來嗎？」

「啊，抱歉。我是急忙趕來的，所以沒帶相機。」

「這樣啊。那，呵呵，今天就是只屬於我跟你的時光，誰也不會留下任何記錄。」

說完，她露出發自內心的笑容。

我跟她在附近走了一個小時左右。雖然是醫院周遭，但她似乎不常到這裡來，對她來說全是新鮮的體驗。

但忽然闖進視野的磚造建築，讓我湧現懷念之情，她似乎也有同感。

「明明是前一段時間去的，感覺卻像好久以前的事。」

「是啊，當時我對妳根本一無所知。」

「呵呵，了解我之後很開心嗎？」

「嗯，很開心。」

我不假思索地點點頭。都這種時候了，我可不想做出因為害羞而隱瞞真心這種蠢事。

「你的個性比那時候還要直率耶。」

「在妳面前這樣也沒關係。」

「嗯，謝謝你。」

由於時值深夜，觀光區變得幽冷寂寥，連帶也讓我們感受到落寞的氛圍。為了不讓自己陷入感傷，我們立刻離開現場。

在那之後，我們繞到超商買了點小東西吃。她試圖闖入半夜的遊樂園，被我拚命阻止。此外，我們也去了電子遊樂場。

「每次都用相機拍照，偶爾用這個拍也不錯呢。」

「我之前就說過了，我不喜歡被拍。」

我被她半強迫地帶到電子遊樂場的拍貼機拍照，結果拍出了慘不忍睹的照片。照片裡的我表情相當慘烈，而她強忍著笑。

「呵呵呵，這也是很棒的回憶呀。」

她的視線落在拍貼照片上，用舞動般的小跳步走在深夜的大馬路上，在路燈下輕快舞動的模樣像極了舞者。

「只有妳覺得棒吧，我覺得丟臉死了。」

「別這麼說嘛。能把一個女孩子逗樂，你的丟臉也不算白費！」

「我的羞恥心可不是用來逗妳開心的耶。」

話雖如此，看到她心滿意足的笑容，我竟沒有一絲不快，也不知是為什麼。

正當我如此心想時，她忽然整個人倒了下來。

「——！」

我連聲音都發不出來，急忙伸出手抓住她的手臂。雖然沒讓她摔倒，我的心臟卻跳得飛快。

「啊，對不起，謝謝。」

「怎麼回事？」

「沒什麼，只是不小心踩空了，可能最近不常走路吧。」

「……小心一點，妳跌倒摔傷的話太危險了。」

「嗯，我會留意。」

幸好沒釀成大禍，我鬆了口氣。聽到她的反省後，我便放開方才抓住的手臂——

「別放開。」

但我失敗了。正確來說，是她抓住了我的手。不，「牢牢握緊」這個形容可能比較貼切。

「……怎麼了？」

「不要離開我。」

「果然出事了吧？」

今天她的樣子實在反常，可能是想裝出平時的模樣，感覺非常不自然。

但她沒有回答我的問題，我反而感受到一股溫暖。

「……妳、妳在幹嘛？」

「嗯，這叫擁抱喔。」

她雙手環抱我的背，收緊力道將我拉近，讓我們全身緊貼著彼此。

「其實我一直很想這麼做，想感受你的體溫。」
深夜的大馬路上沒有任何車輛駛過，我們就在寬敞的四線道正中央擁抱著。
唯獨此刻是只有我與她存在的世界。在這個空間裡沒人會對我們議論紛紛，一切都能被允許。現在這段時間就給我這種感覺。
「你對我說過吧？我可以永遠對你撒嬌。」
「不是永遠，僅限妳活著的這些時間。」
「那就叫永遠。」
「是嗎？」
「是啊，這就是我的撒嬌方式。」
「那就沒辦法了。」
我也伸手環抱她的背。
畢竟說要陪她耍性子的人是我，自然沒理由拒絕。
「呵呵，你之前說我可以永遠對你撒嬌，說了可別後悔喔。」
「不會的。」
於是我們緊擁著彼此，不是因為心懷戀慕，而是陪著她耍性子。我認為不先擬出這個藉口的話，我就不能做出這種事。
我不會喜歡上她，也不能喜歡上她。

我們到底緊貼著彼此多久了呢？耳邊響起車輛駛近的聲音後，我們才結束這場擁抱，不知道是誰先鬆開手的。

隨後，我們繼續漫無目的地走著，最後在海邊的階梯石板坐下後才冷靜下來。

「欸……」

「怎麼了？」

「我可以再任性一回嗎？」

「嗯，可以啊。」

得到我的允許後，她深深吸一口氣，將手摀在胸前。

「……我想跟你接吻。」

當我聽懂她說的這句話後，同時看向坐在一旁的她，她也用紅通通的臉再次筆直望向我。

我說不出話，完全無法衡量，沒辦法判斷自己能不能用「任性」這個藉口接受這樣的行為。

「這樣我應該就能乖乖回病房了。其實我本來想在抱了你，說完想說的話之後就回去的，但腳步卻好沉重。我全身上下都在抗拒跟你分開。」

「……是因為住院期間延長了兩週嗎？」

「這可能也是原因之一，但還不只這樣，我……」

總是笑容滿面的她，那張面具彷彿出現了裂痕。這才是她撇除了逞強、體面和欺瞞這一切的真面目，醫生、甚至家人也不曾見過的真實面貌。

她的臉頰忽然滑過一道淚光。

在完全看不見星星的都市夜色中，我覺得這是最美麗的光芒。

「我……很怕死。」

她坦承了過去一直藏在心底的秘密，像是自白，也像是在對我傾訴。

「每天都擔心能不能看到明天的太陽，怕得不敢睡覺。」

「我好怕醫院的醫生說的話。」

「好怕家人為我擔心。」

「好怕跟朋友們共度的日常生活。」

「這些會讓我看見現實的一切，都讓我好害怕。」

她說：但更可怕的是——

「會跟你分開，才是最可怕的。」

她這麼說。

面對死亡時最讓她恐懼的原因，居然是我。

但聽她這麼說，我也束手無策。

因為我也很害怕跟她分開。

與此同時，我也相當意外。

鏡頭下的她之所以會讓我有「不適合當遺像」的怪異感，是她看透了生死吧。她在照片裡的表情透露出理解自己會死的事實，正因為理解死亡，才能永遠笑口常開。

但她果然還是很懼怕死亡。

在過去那些不合理的遭遇中，她的笑容應該都只是在逞強吧。這樣未免也太煎熬了。

「其實我以為妳不怕死。」

「嗯，雖然還是會害怕，但以前的我選擇接受事實。」

「那……」

「你覺得是誰害的？」

她有些氣惱地鼓起臉頰。

「都是你害的，遇見你之後，我就跟以前不一樣了。」

她接著說道。

「我開始想活下去了。」

「……」

「遇見你之後，感受到你的體貼、溫暖和心靈，不知不覺間，我居然想活下去，想和你永遠在一起。想去好多地方，也想做好多事，可以的話，還想跟你墜入愛河。」

全都是無法實現的願望。在她提過的任性要求當中，這應該是最迫切的吧。

「如果這是妳的任性要求，我願意接受。走吧，我會帶妳走遍各處。」

「但我已經沒有時間了。」

她的聲音聽起來無比冷徹。

「兩週後我要動手術，明天就要進無菌室接受治療了。」

「什麼意思……」

「我之前說過吧？一直找不到適合我的骨髓，但繼續放任不管只會逐漸惡化，所以我才決定動手術。」

這種說法，感覺就像要狠狠拋下我一般。

聽她的口氣，很容易就能想像出手術伴隨的風險有多大。

「我今天就是為了說這件事，才會把你叫出來。」

她越是心懷寄望，時間就越加侵蝕她的身體，這就是殘酷的現實。

「所以，謝謝你這段時間的陪伴。」

——她堅持不跟我見面，也不讓我去探望她。

因為對無能為力的自己感到氣憤焦躁，我才逼問媽媽，問出了理由。

我啞口無言，心生恐懼，更覺得悲傷。

她要在無菌室中暴露在大量的藥物和放射線之下，副作用會導致脫髮，全身還會布滿瘀青。媽媽用告誡的語氣解釋，這或許就是她不想見我的原因。

媽媽說，為了移植他人的骨髓，這是必要之舉。

若世上真的有神安排了如此殘酷的現實，未免也太卑劣了。實在不合理，一點道理也沒有，不，讓她的性命暴露在危機之中也無所謂的神明，我絕對不會放過祂，還會恨之入骨。她大聲說出「討厭神明」的時候，或許也是這種心情吧。事到如今才明白她一部分的心情，也為時已晚了。

沉默的兩週漫長無比。

儘管如此，那一天還是到來了。

她的手術以失敗告終。

她的身體對他人的骨髓全都出現了排斥反應——

得知手術失敗後，我竟出乎意料地冷靜，媽媽在電話另一頭的聲音反而比我還要難受。

我不知道是因為自己無法接受這個現實，還是在很早之前就已經準備好迎接她的死期。

心平氣和地結束媽媽打來的電話後，我就專心做起自己該做的事，心中甚至沒有一絲哀愁。

過去拍攝她的照片已經堆積成山，而我從中一張一張確認。我是攝影師，是她專屬的攝影師，如今我該做的只有一件事。

眼前確實堆滿了與她之間的回憶，不管看哪一張照片，記憶都歷歷在目。光是憶起與她共處的時光，當時體會到的快樂彷彿就能重回腦海。

儘管如此，越是回憶，我的心就越有種狹隘難行的感覺，快樂另一面的痛苦思緒油然而生。被緊緊揪住的心臟雖然讓我難受不堪，我還是得完成這件事。於是我專心致志地翻找著照片。

但確認過許多照片後，我該做的事還是沒能完成。這座山裡充滿了我與她一路走來的回憶，但其中並沒有適合的照片。

我看向窗外，夕陽早已開始西斜。

將我跟她生活過的街景燒得火紅一片。
在衝動驅使下，我奔出家門，帶著一台相機穿梭在被燒紅的街景之中。
我有個非完成不可的任務。

在過往的人生當中，這是我第一次採取自發性的行動，根本不管會不會造成他人困擾。
一到醫院，我帶著用「突擊」形容也不為過的兇猛氣勢走了進去，在櫃檯問出綾部香織的病房後，就直奔她的所在處。
本該在無菌室治療的她被轉回原先的病房，我猜是因為沒必要再進無菌室了。
到這裡停下腳步後，我才發現自己早已氣喘吁吁。於是我做了個深呼吸，調整紊亂的氣息。
為了不發出任何聲響，我緩緩推開病房門。
只見她背對著我坐在病床上，正從敞開的窗眺望夕陽。
她沒回頭，只說了一句：
「啊哈哈，你還是來了。」
整間病房被染上夕陽的深褐色，讓那抹嬌小的背影顯得脆弱不堪。

她用遲緩的動作轉向我，用無力的笑容對我一笑。

她身上不是病患服，而是某天跟我一起買的衣服，看上去跟病房格格不入。

「風很舒服耶。」

「嗯，是啊。」

隨夕陽流淌而入的風輕拂過臉頰。

此時此刻的時光太過溫柔，現實過於淒楚，但她卻帶著笑容，像從前那樣。

「我知道你一定會來找我。」

「嗯。」

「你是來拍照的吧？」

「是啊。」

「呵呵，我早就猜到了，所以才換上便服，還化了妝喔——！」

「準備得真齊全。」

我心想「這一刻總該開口了」，便把自己能做的最後一件事告訴她。

「我想拍妳的遺像。」

她什麼也沒說，只是微微一笑。

她的眼神裡再無對死亡的恐懼。

彷彿在說：「如果能讓你親手將我留存下來，我就無所畏懼。」

此時，我們都沉默不語。

我心中充滿不捨，心想「要是時間能永遠停在這一刻就好了」。但不管我如何按下快門，時間都不會停留。若將我心中所想化為言語，妳一定會笑出來吧，我現在就想看到那個笑容。

我舉起手中的相機。

「那個啊。」

她說了跟當時一樣的話。在我第一次被她叫出來的學校屋頂上，在夕陽始落，織女星微微笑著的那片天空之下。

「嗯。」

「拍我。」

「嗯，我就是來拍妳的。」

「我想請你幫我拍張照。」

她甚至連站起來的力氣也沒有，繼續坐在床上，將意識集中在我的眼神之中。

透過觀景窗，我感受到將她構築而成的所有元素。

從為了拍照換上的衣服中延伸而出的白皙肢體瘀青遍布，髮絲飄揚的軌跡比以往僵硬，看得出她戴著假髮。

現實的魔爪正在殘害她的事實，無可避免地傳遞而來，夕陽卻將她的現實暈染得朦朧一片，彷彿要在殘酷的現實中遮上一抹溫柔。
這真的是拍她的最後一次機會了。
按下快門的那一刻，就是與她告別的瞬間。
正因為明白這一點，我的手指變得沉重無比。
我必須將她人生中最耀眼的瞬間拍下來。
為了如她所願，將這股光芒完美傳達給看過這張照片的所有人。
就因為是她，因為是綾部香織這個笑容滿面的女孩，我才想在最後一刻也拍下她的笑容。
該對她說什麼才好？該說些什麼才能讓她露出笑靨？煩惱時間只有片刻，我馬上就想到一句話。
我懷著她一定會笑出來的信心，開口說道：
「———」
看吧，我就知道。
聽到我這句話，她頓時睜大雙眼一臉驚訝，隨後便笑逐顏開，最後露出淚眼婆娑的溫柔笑容。
我也跟著笑了，我一定沒有哭吧。
不能錯過她如此幸福洋溢的模樣，於是我急忙重新舉起相機。雖然手部的顫抖讓我無法成功對焦，但是無所謂。

——病房裡響起了快門聲。

在那之後直到會面時間結束，她始終帶著笑容。

儘管沒有明確的愛語，也沒有肌膚相親的親密行為，這個空間還是處處充滿了浪漫的氣息。

我很幸福，相信她一定也是。

——八小時後，她便撒手人寰了。

第八章

緊閉的窗，緊閉的窗簾。

世上沒有任何人察覺到我的存在——這麼說雖然有點誇張，但我最後一次和外人碰面已經是一週前的事了。於此同時，她離世也一個禮拜了。

得知她的死訊後，我就把自己關在房裡，像躲在殼裡面一樣。只是扳著手指虛度時日，過著毫無意義的每一天。

不這麼做的話，可能就沒辦法遵守和死去的她的約定了，所以我拒絕了他人的安慰、關懷和同情。如今能狠狠罵我一頓的人，已經不在了。

我沒去參加她的葬禮，她一定很生氣吧。我根本沒有心力去參加葬禮，還不能完全接受她的死亡。

但在她死後過了一個禮拜的今晚，我走出去了。我打開窗簾，踏出室外。位於二樓的房間雖然有個小陽台，但我好久沒出去外面看看了。

——從今天算起的一個月後，會出現不合時節的流星雨，一起去看吧。

她之前說過這句話，今晚似乎會有流星。

這一天，人們都會仰望天空對星星許下心願，所以我也有樣學樣地抬頭看著夜空。在都市裡看得到的星星，頂多只有光芒萬丈的一等星而已。

「天津四、牛郎星、織女星……」

我循著她生前教我的那些星座望去。能在夏末時節看見的夏季大三角，耀眼得清晰可見。

她總是說「好想變成星星」，同時卻又誇下海口說「我可是織女星耶」。是在夏季大三角中擔綱一角的一等星，也是對應七夕傳說中織女的星座，而她居然大言不慚地將自己比喻成這種星星。如今我對這句話沒有異議，畢竟織女星的星語「心平氣和的樂天派」簡直就是她的代名詞。

所以我希望她能變成在夜空中閃閃發亮的一等星。

當我沉浸在這股思緒中時，感覺她的星星忽然綻放出非常強烈的光芒。

她曾經將星光的強弱和色彩比喻成星星的感情，借用她的說法，剛才的光芒看起來就像在笑一樣。

非常溫柔又愉快的笑容。

「變成一等星的妳，是不是笑了……」

妳應該變成星星了吧。

這時，我的手機睽違一週發出了震動聲，彷彿在回答我這個疑問似的。

原以為是媽媽傳訊告知會晚點下班，沒想到訊息欄上顯示出不該出現的人名。

綾部香織。

那個戀慕著星星，我也深深戀慕的女孩。

七天前就身故，早已不在人世的同班同學。

我心想：難道她真的是為了回答我的問題才出現的嗎？

來自死者的訊息中寫了這行字：

【明天傍晚，來頂樓一趟】

結果這天晚上，我沒有對星星許下任何心願。

我應該確實有聽到她的死訊，也有接到通知，說我拍的照片有用在她的葬禮上。媽媽也有向我轉達她父母的感謝。

但我的手機裡真的收到她傳來的訊息。

我半信半疑地來到訊息指定的場所。

那裡就是學校頂樓，平時禁止進入，唯獨天文社的她可以隨意進出，旁若無人地賴在那兒。如今連她都不在了，頂樓應該不會有任何人。

九月，新學期才剛開始沒多久，傍晚的學校沒什麼人。

我一直窩在家裡，連開學典禮都沒參加。前陣子跟她一起偷跑進來之後，我就再也沒來過學校了。

過去我被她帶來頂樓好幾次，如今我卻不敢看門後的景象。因為早已身故的她居然傳了訊息給我，要是確認了其中的真意，感覺我跟她的關係就真的畫下句點了。

但要是她有話想跟我說，我卻一直沒發現呢？這種感覺更讓我不舒服。

於是我下定決心，將手搭上門把推開門。

就像以前她在等我的時候一樣，門沒上鎖，我輕輕鬆鬆就推開了。

一推開門，刺眼的夕陽光輝便盈滿我的視野，讓我瞇起眼睛。當我的視線慢慢適應光線後，發現有個人影站在頂樓後方。

在被染成橘黃色的世界中，有個人因為逆光在這個世界裡留下一抹黑影。這幅景象讓我回想起第一次被她叫到這裡的那一天。

我不由自主地脫口而出。

「妳……」

隨著距離慢慢縮短，眼前的人影也變得清晰。

那是身高比我矮一些的女性輪廓。我在相隔剛好五步之遙的距離停下腳步，眼前的人便轉過身子。

比起她，我對這個人更為熟悉，跟她一樣是我最重要的人。

「……媽？」

「對不起，輝彥，但這是香織拜託我做的事。」

負責照顧的患者過世後，媽媽獲得了短暫的休假。一早就出門的她，應該一直在這裡等我吧。

「香織她……給我和她父母各留了一封信。給我的信件最後寫著：麻煩用這個方式把輝彥叫出來……」

媽媽變得好憔悴，眼角泛紅，拿著她留下的信的那隻手不停顫抖。

我知道她過世之後，媽媽每晚都憋著聲音偷偷哭泣，就跟爸爸過世時一樣，媽媽一直在哭。

……欸，妳的願望還是沒能實現。

世界雖然抹去了妳的存在，妳身邊的這些人，心中某處依舊留有妳的記憶。所以「希望大家不要難過」這個任性要求，似乎無法實現了。

可是……

被妳親口要求承諾的我就不能難過了。因妳的死亡產生的悲傷淚水，我得帶到棺材裡才行。

「……輝彥，這是……香織寄在我這裡的，她說要交給你。」

從媽媽顫抖的嗓音中，我感受到她在拚命強忍淚水。

媽媽交給我的，就是她一直以來黏貼照片做成的筆記，封面還寫著**【回憶相簿】**這個簡潔明瞭的標題。

確認我收下筆記後，媽媽把我拉進懷裡。

我也伸出手環抱媽媽，輕撫她顫抖不已的背。

「輝彥、輝彥……香織她，啊啊……我什麼也做不到……根本無能為力……」

「……嗯。」

這件事不能責怪任何人，誰都沒有錯，將她放在心上的人們怎麼可能有錯。

「為什麼……香織……香織……啊啊……」

媽媽徹底崩潰，完全無法組織言語了。我一直輕撫她的背，直到她冷靜下來為止。這股溫暖是她教會我的，所以我也能將這份溫情傳達給媽媽。

我絕對不會哭。

「對不起，媽媽的心情太亂了……」

雖然還在哽咽，媽媽還是努力裝出平靜的模樣。

「輝彥應該比我更難受……」

「……難受什麼？」

媽媽這句話讓我好害怕。

因為，如果我覺得難受，就表示自己接受她的死亡了。

我就再也見不到她了。

我實在不想承認。

「你一直都在忍耐吧？」

「……我就問是在忍耐什麼？」

她說我一直在忍耐。

我怎麼可能……

我咬緊牙關。雖然不知道為什麼，但我就是覺得要把牙關咬緊，否則某些事物就會分崩離析。

「……這本筆記是在手術之後完成的，還沒有人看過裡面的內容。畢竟香織覺得很害羞，不准任何人看，而且這又是留給你的東西。香織的父母也說，應該讓輝彥第一個看。」

「是嗎？」

「嗯，所以……」

「我知道，我會仔細看。」

「在無菌室治療時她也很拚命，說唯獨這個筆記一定要做完，所以你一定要看喔。」

留下這句話後，媽媽就緩緩離開頂樓了。

此刻頂樓只剩下我，還有她留下的這本筆記。

我將她生前小心翼翼抱在懷裡的筆記翻了開來。

彷彿被她催促著「趕快翻開來看」似的，我的手自然而然就動起來了。

筆記第一頁寫著她留下來的話。

天野輝彥同學：

要是用「敬啟者」這種敬詞，感覺你一定會笑說這一點都不像我，所以就不用那種文謅謅的寫法了！這不是書信也不是遺囑，所以沒差吧，我就用我的方式，將我的想法寫下來囉。

最近還好嗎？我死了以後，你的心情應該不會有任何起伏吧。雖然我交代過你不要傷心，但真實狀況又是如何呢？

先不提這些了，這本筆記是為了送給你才做的，你有發現嗎？

從跟你說上第一句話的那天算起，到現在還不到兩個月耶，還是該說「已經兩個月了」？經歷過那麼多事，我覺得很充實呢。你可能覺得麻煩透頂，但我真的超級開心！

跟你說一件令人震驚的事情吧。

你可能以為是在那場下雨的煙火大會上第一次跟我說話，但其實我們更早之前就聊過了。上次我們一起去吃漢堡排的時候，你跟我提到第一次拍人像照的事，當時在醫院裡哭哭啼啼的女孩子，其實就是我。

我第一次去檢查的時候真的好害怕，眼淚根本止不住，可是有個男孩子忽然用相機對著我。

我就心想：在鏡頭面前得笑一個才行，所以拚命擠出微笑。回過神才發現，我已經不怕檢查了。

從那一刻起，我就一直仰慕著那個不知道叫什麼名字的男孩子，沒想到那個人居然是你，快把我嚇死了！

聽你說了這些，我高興得不得了，說不定我就是從那個時候開始喜歡上你的。你會再次成為我的攝影師，一定也是命運的安排！

看完這段話，我沒有停下手邊動作，又翻了一頁。

下一頁排滿了我與她之間的回憶，這些回憶在我心中也有一席之地。

【跟你一起去看星星】這行字下面，貼著我跟她以銀河為背景的合照。以這張照片為首，後面好幾頁都貼著她以往那些回憶的片刻，比如**【去你家玩】**、**【跟你在雲霄飛車上尖叫】**、**【說說看「老闆，老樣子」】**、**【去烏尤尼鹽沼】**等等。

翻過這些用照片點綴的頁面後，又是她寫下的一段話。

不知為何，字裡行間竟參雜了一些敬語，感覺很不像她。

升上高二之後，我的症狀馬上就惡化了，變成需要移植才行。

但一直找不到適合我的骨髓，最後醫生還跟我說：可能時間不多了。

不過，可能正因為我不服輸吧，在那之後我就決定不再多想，隨心所欲過完剩下的人生！

我帶著朋友到處跑，天氣還很冷的時候就跑去海邊，在外面蹓躂到很晚還被警察訓話。我雖然到處惹事，卻也開心得不得了。

但這麼做以後——

我的任性妄為，卻讓我找到了你！

下雨的煙火大會那天。

當天雖然下雨，我還是耍了性子，硬是把朋友帶到現場。

在煙火施放之前，朋友還坐在觀眾席，但我想靠近一點看，也不顧還在下雨就走進賽道內，幾乎是下意識的喔。

結果，你就在那裡。

你的視線直盯著我。

對我來說，你那真摯的視線看起來耀眼無比，比起煙火，其實我更在意你的一舉一動，完全無可自拔。

當時我就決定要請你幫我拍照，希望你能留下點什麼。

說不定我對你是一見鍾情喔。開玩笑的啦。

結果你居然是負責照顧我的護理師的兒子，嚇了我一跳。

所以我以為，你應該也跟智子小姐一樣有開朗幽默的一面。但跟你越有交集，就越偏離原本的想像。

你跟智子小姐一點也不像，我是指性格部分。明明是那麼活潑的媽媽生下來的，怎麼會這樣呢？

你比我想像中還要陰沉、自卑、孤獨。

比想像中沉悶、心思縝密。
但是跟我想的一樣體貼。
比想像中還要配合我。
比想像中還要帥氣。
想著想著，忍不住喜歡上你。
回過神來，才發現我眼中只有你了。
我的視線總是在尋找你的身影。
當我發現自己墜入情網時，每天都變得閃閃發亮。
要怎麼做才能讓你笑一個？
要怎麼做才能讓你開心起來？
要怎麼做才能讓你回頭看看我？
只要我想著這些事，就一點也不在乎病情了。
在愛情面前，這個病根本不值一提！

天文館很美吧？
但真正的星空卻美上好幾倍。
好想跟你去看冬天的星空喔。

跟你一起去過的每個地方，我都玩得好開心。
相擁的那一晚很浪漫吧？
我每分每秒都為你心跳不已。
你呢？
如果你對我沒有一點點動心，我就要失去身為女人的自信了。

我們拍了好多照片喔。
這也表示我們創造了這麼多回憶。
幸好死之前還能見你一面。
我之前也說過，我會得這個病，說不定就是為了遇見你。

其實我好想當你的女朋友。
其實還有好多事想跟你一起體驗。
其實好想跟你一起活下去。

但我馬上就要死了。
所以，這是我最後一次對你任性。

笑一個吧。

你要一直笑口常開。

連同我的份一起哈哈大笑。

你想想看，比起我本該存活的那幾年份的任性要求，這個是不是簡單多了？

所以你要永遠面帶笑容。

我實在太喜歡跟你一起歡笑的時光了，才會忍不住想活下去，所以你也笑一個吧。

你要負起責任，笑著過日子。

在你往後的日子裡，或許會面臨對人生充滿厭棄的時刻，可能還會湧現輕生的念頭。

那個時候就想想我吧。

曾經有個這麼幸福、這麼不想死、這麼喜歡你的女孩子。

只有在這種時候，你才可以想起我。

我好喜歡你。
最喜歡你了。
我愛你。
對你的思念太過洶湧，甚至無法用言語表達。

對不起，我老是對你任性。
對不起，我太自私了。
對不起，比你先走一步。
真的真的，很對不起。

但也很謝謝你。
謝謝你願意看著我到最後一刻。
謝謝你遇見我。
真的真的，很謝謝你。

我覺得好幸福。

——讀完後，我才意識到這是現實。
此處是之前跟她來過的頂樓。
此處是她已經不存在的世界。
好苦悶、好難受、好悲傷。
我從來沒想過，沒有她的世界居然讓我活得如此痛苦。
「……」
不行了。
我好像沒辦法遵守跟她之間的約定了。
不對。
我已經沒辦法守約了。
她對我如此傾心，還帶給我數不盡的種種，我卻不能為她流眼淚？我不能接受。
「……對不起……」
我語帶哽咽地說出這句抱歉，徹底崩潰了。
「啊啊……啊啊啊啊……」
堵在心上的那個栓子彷彿被洶湧的情緒沖走似的，完全止不住。
「……妳……真的很自私。」

居然一個人擅自離開，把想說的話說完就走了。
這個世界上再也沒有人會在我哭泣時把我罵醒了。
「我、對妳……」
彷彿要壓抑自己的聲音不被她聽見似的，我想著她不停流淚。
這是我有生以來哭最慘的一次。

幸好有與妳相遇。
聽妳開口叫我，就讓我開心不已。
遇見妳之後的每一個回憶，都給我這種感覺。
能跟妳在一起真的很幸福。
這一定是我人生中笑得最燦爛的時刻。
因為有妳在，我才能露出笑容。
該道謝的是我才對。
謝謝妳。
謝謝妳。
謝謝妳。

不管說幾次都不夠。
由於我違反了約定，就得實現她遺留下來的這個任性要求。
要像她一樣誇張地哈哈大笑。
我笑得出來嗎？
我勾起一抹不自然的笑容，抬頭仰望天空。
應該還要花很多時間，才能像妳那樣開懷大笑吧。

P．S．
這位同學！跟我約好卻違約的這位同學！
我都再三叮嚀你不准哭了，你還不守約定，看來得好好懲罰你喔！
挑一張我們的合照去參加攝影比賽！這就是懲罰！
還要讓我登上雜誌。
你要親自在我不存在的世界中大肆宣傳：世上曾經有個這麼可愛的女孩子！
你要對全世界炫耀：我曾經被這麼可愛的女孩子喜歡過！
聽懂了沒？聽懂了吧？很好。

……最後。

謝謝你，為我掉眼淚。

尾聲

冬天的山上非常寒冷。

就算努力穿上將肌膚緊裹的保暖衣物，刺骨的寒風還是放慢了我前進的步伐。

為了取暖，我稍稍加快腳步，衝進今晚的住宿設施。

「……真是久違了。」

她──綾部香織過世後，已經過了一年半。

在她死後，我原先平凡無奇的人生中，接連發生了可用「動盪」二字形容的事情。

今天是因為周遭的狀況穩定了些，我才來向她報告。我來到跟生前的她約好要來的這片冬季星空之下，這裡離天空這麼近，我的聲音一定能傳到她耳邊吧。

我將大部分的行李放置妥當，暫時暖暖身子才又走出室外。

來到過去和她一起觀星的地點後，我將睡袋鋪好。一個人觀測天象雖然有點寂寞，但我可不能說這種喪氣話，畢竟我已經決定要笑著活下去了。

我將那本被我翻閱無數次，讓我眼淚流乾，卻也帶給我笑容的她的筆記放在一旁，鑽進睡袋裡躺好。

「……」

冬天乾燥的空氣相當清朗，跟夏天比起來，冬天的星空更加遼闊，感覺連遠處的星光都能看得清楚，跟她說的一模一樣。

「這就是妳說想看的冬季星空啊。」

冬天的夜空中沒有象徵她的一等星，但她應該還是能看見。說不定她現在已經變成她最嚮往的那顆星星了。

「在那之後已經一年半了，我決定把妳教我的一切轉化為成長的食糧。我要遵照妳的遺願，永遠帶著笑容。雖然沒辦法像妳一樣，但照著妳的方式去做以後，除了壘之外，我也結交到幾個稱得上是朋友的人了。這一切都該謝謝妳留給我的任性要求。」

我對著星空訴說這份充實。

妳應該有在聽吧？

「啊，對了，因為我沒遵守跟妳的約定，就乖乖配合妳訂下的懲罰了。妳的身影已經如願登上雜誌，還有一位攝影師被我拍的照片吸引，好像對妳很感興趣，我就笑著把妳的事情都告訴他了。」

我把妳臨終前的那張照片拿去參賽。雖然還有拍得更好的作品，妳還有好多張更上相的照片，我還是選了妳那張充滿笑容的照片。

因為我覺得這張照片才有成功拍到妳最完美的表情，這才是「最棒的照片」。

「雖然是笑著說的，但沒有嘲笑妳的意思，我想表達的是『妳是個活潑又開朗的人』。其實，不管是想起妳的時候，還是跟別人談起妳的時候，我都覺得很開心。」

但也花了一年半的時間就是了，妳應該會抱怨我動作太慢了吧。

「我終於能轉念思考，終於能露出笑容積極向前了。」

妳的任性要求真的很棘手。

感覺就像在我往後的人生中，妳會一直賴著不走。

聽到妳說「要連同妳的份一起哈哈大笑」，不就等於要我笑口常開嗎？畢竟妳總是面帶微笑。

但我還是會遵守妳的任性要求。

哪怕只有一點點也好，只要妳的身影還留在我心中，我就會連同妳的份笑到最後。

這一定會是獻給妳最完美的祭品了。

「我想說的話已經說完，所以我該回去了，畢竟冬天山上很冷嘛。」

我對著雙手呼氣。戴著手套還是凍僵的雙手，彷彿想要即刻得到溫暖。

「對了對了，有件事我忘了說。妳這個人太惡質了，所以看妳留下來的那本筆記時我才發現這件事，可是妳看。」

我將這輩子第一次拍的人像照舉向夜空。

「就像妳說的，就算不仔細看，我的第一個人像照模特兒也確實是妳。因為那個天真無邪的笑容完全沒有變，所以我一看到照片就發現了。」

雖然一副泫然欲泣的表情，卻還是努力露出笑容的模樣，真的很有妳的風格。

但妳當然還是有些改變。跟登上雜誌的那張照片相比，雖然兩張都是含淚的笑，給人的印象卻大不相同。

妳已經長大成人，變得更漂亮，也比過去更加耀眼。

「幸好有跟妳再次相遇。」

說完這句話後，我便站起身收拾睡袋，並仰望天空。

「冬天的星空雖然也很美，但我還是更喜歡跟妳一起看的夏季星空，畢竟有妳在我身邊嘛。」

下次就選七夕這一天來看妳吧。

雖然我對「天野輝彥」這個響叮噹的名字還有點惶恐，但跟妳還在世的時候相比，我現在應該更配得上這個名字了。

因為我不喜歡別人喊我名字，所以總用「妳」來喊妳，但如今至少能用姓氏來稱呼妳了。

所以，現在就請妳多多包涵吧。

「我會再來看妳，綾部同學。」

我跟妳之間的關係才正要開始。

每年我都會來到這個鄰近天空的回憶之地來見妳一面，七月七日，我唯一能和妳見面的這一天。

往後不知道還能來這裡多少次，但總有一天，我一定能直呼妳的姓名。在我配得上這個名字的時候，以及有資格成為妳的牛郎星的時候。

所以，麻煩妳耐心等著那一天到來吧。

後記

幸會，我是冬野夜空。

首先，我想感謝各位購買《我永遠不會忘記，燦爛一瞬間的妳》。

我認為從生到死的過程中會經歷好幾個階段。一開始是不願相信，接受現實後變得自暴自棄，甚至變得更嚴重，飽受虛無感的折磨，最後才願意接受一切。從我二十多年的人生經驗中，我認為有上述這幾個階段。

就算有這些前提在，我覺得香織還是個早已看透生死的女孩子。接受自己的死期，還想在剩下的時間裡摸索幸福的模樣，甚至讓我覺得這就是看破死亡之人的某種範本。

我認為所謂幸福，就是樂觀看待一成不變的日子裡那些微小變化，不斷積累之後首次體會到的滋味。香織也是像這樣看破死亡後，才會隨心所欲地在每一天到處蒐集幸福。

可在這個時候偶爾會出現一種感情，會改變自身行動、情緒等一切事物，讓看破死亡的人產生想要活下去的渴望。我把這種感情稱為「戀愛」。
「戀愛是一種病」這種說法，可能不一定是錯的。

請容我致上謝辭。
把不成材的我當成家人般帶著我前進的責任編輯飯塚大人，總能用精準的刪改讓作品變得更上一層樓的協力編輯藤田大人，替本作描繪可愛又感人插畫的へちま大人。除了在此提及姓名的人，還包含其他參與本書製作的各方人士，我都要獻上無比真誠的謝意。
也要再次感謝購買本作的各位讀者。

二〇二〇年一月　冬野夜空

國家圖書館出版品預行編目資料

我永遠不會忘記，燦爛一瞬間的妳/冬野夜空著；林孟潔譯.--初版.--臺北市：皇冠. 2022.3
面；公分. --（皇冠叢書；第5009種）
（Dear；03）
譯自：一瞬を生きる君を、僕は永遠に忘れない。

ISBN 978-957-33-3856-7 (平裝)

861.57　　111001075

皇冠叢書第5009種

Dear 03

我永遠不會忘記，燦爛一瞬間的妳

一瞬を生きる君を、僕は永遠に忘れない。

作　　者—冬野夜空
譯　　者—林孟潔
發 行 人—平　雲
出版發行—皇冠文化出版有限公司
台北市敦化北路120巷50號
電話◎02-27168888
郵撥帳號◎15261516號
皇冠出版社(香港)有限公司
香港銅鑼灣道180號百樂商業中心
19字樓1903室
電話◎2529-1778　傳真◎2527-0904
總 編 輯—許婷婷
責任編輯—張懿祥
美術設計—李偉涵
行銷企劃—薛晴方
著作完成日期—2020年
初版一刷日期—2022年3月
初版十二刷日期—2024年5月
法律顧問—王惠光律師

讀者服務傳真專線◎02-27150507
電腦編號◎579003
ISBN◎978-957-33-3856-7
Printed in Taiwan
本書定價◎新台幣280元/港幣93元